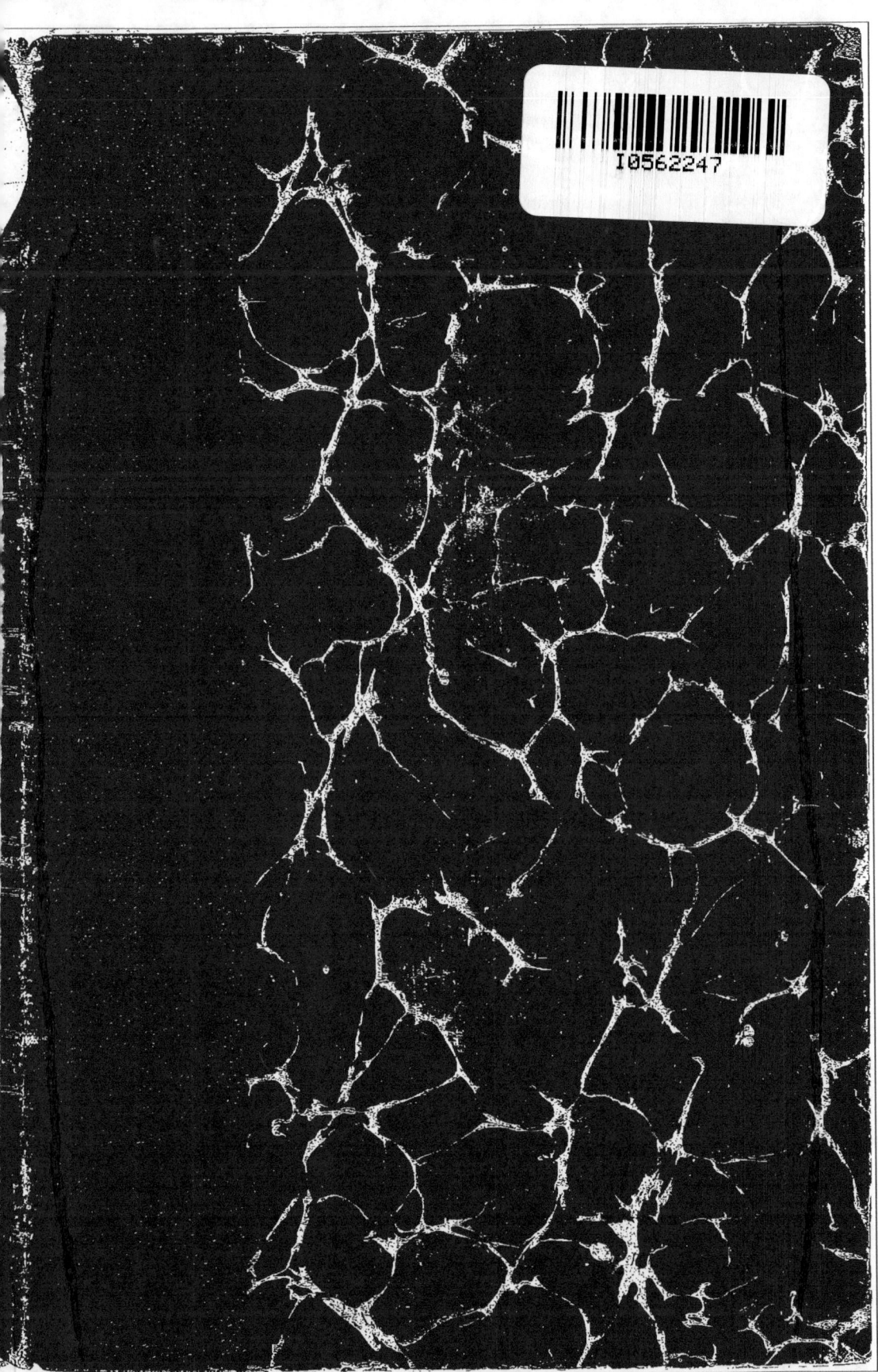

LES DÉSIRS

DE

JEAN SERVIEN

PAR

ANATOLE FRANCE

PARIS

ALPHONSE LEMERRE, LIBRAIRE-ÉDITEUR

27-31, PASSAGE CHOISEUL, 27-31

—

M DCCC LXXXII

LES DÉSIRS

DE

JEAN SERVIEN

2276. — ABBEVILLE. — TYP. ET STÉR. GUSTAVE RETAUX.

LES DÉSIRS

DE

JEAN SERVIEN

PAR

ANATOLE FRANCE

PARIS

ALPHONSE LEMERRE, LIBRAIRE-ÉDITEUR

27-31, PASSAGE CHOISEUL, 27-31

M DCCC LXXXII

PRÉFACE

Ce petit ouvrage a été écrit il y a une
dizaine d'années et j'aurais dû, pour bien
des raisons, le publier en ce temps-là. Il
est resté trop longtemps dans un tiroir et
il me semble qu'il y a vieilli. Ceux qui
écrivent ne savent pas tous donner à leurs
œuvres une jeunesse immortelle.

Il est bon, dans tous les cas, qu'un livre
paraisse dans sa nouveauté, parce qu'alors
il est compris facilement et très bien senti.
En relisant cette année les *Désirs de Jean
Servien*, je n'y ai pas retrouvé moi-même
tout ce que j'y avais mis autrefois. J'ai
du, pour bien faire, déchirer la moitié des

pages et récrire presque toutes les autres.

C'est sous une forme réduite et chatiée que je prends la liberté d'offrir ce récit aux personnes assez nombreuses aujourd'hui qui s'intéressent aux romans d'analyse. C'en est un et, en réalité, mon premier essai dans ce genre, car, si destructeur qu'ait été mon travail de révision, le fonds primitif de l'ouvrage est resté. Ce fonds a quelque chose d'acre et de dur qui me choque à présent. J'aurais aujourd'hui plus de douceur. Il faut bien que le temps, en compensation de tous les trésors qu'il nous ôte, donne à nos pensées une indulgence que la jeunesse ne connaît pas.

Avant d'écrire sur le monde moderne, j'ai étudié, autant que je l'ai pu, les mondes d'autrefois, et je ne me suis détourné de la vue du passé qu'après avoir senti jusqu'au malaise l'impossibilité de me bien figurer les anciennes formes de la vie. Pendant ce temps, le romancier le plus affiché de l'école naturaliste m'appelait *neo grec* et me si-

gnalait seulement, disait-il, « pour l'étrangeté du cas. »

Vous entendez bien qu'il s'agit d'un cas
pathologique car c'est maintenant une maladie que de s'intéresser au passé et de
suivre à travers les âges les magnifiques
aventures des hommes. C'est la maladie
des Leconte de Lisle, des Taine et des
Renan. Bien que la faiblesse de ma com-
plexion parût devoir m'en préserver, j'en
fus atteint, moi aussi, jusqu'à lire les poëtes
grecs.

Hélas! je ne crains pas pourtant qu'on
trouve à mon *Jean Servien* un reflet trop
lumineux de la beauté antique.

A. F.

LES
DÉSIRS DE JEAN SERVIEN

I

Jean Servien naquit dans une arrière-boutique de la rue Notre-Dame-des-Champs. Son père était relieur et travaillait pour les couvents. Jean fut un petit enfant chétif que sa mère nourrissait tout en cousant les livres, feuille à feuille, avec l'aiguille courbe. Un jour qu'elle traversait la boutique en chantonnant une romance dont les paroles exprimaient pour elle la splendeur confuse des ambitions maternelles, le pied lui glissa sur le carreau humide de colle.

Elle leva instinctivement le bras pour pro-

téger l'enfant qu'elle tenait contre son sein,
et, de sa poitrine découverte, heurta rudement l'angle de fonte de la presse. Elle ne
sentit pas d'abord une très vive douleur, mais
il lui vint au sein un abcès qui se ferma et se
rouvrit, puis une fièvre hectique qui l'étendit
au lit.

Là, pendant les heures infinies du soir, de
son seul bras libre, elle entourait son petit
enfant en lui murmurant d'un souffle embrasé
quelques lambeaux de sa chère romance :

« Comme un pêcheur quand l'aube est près d'éclore.
« Vient épier le réveil de l'aurore.....

Ile aimait surtout le refrain régulier et
changeant dont elle berçait son Jean qui devenait tour à tour, au gré de la chanson, général, avocat et « lévite » en espérance.

En femme du peuple qui ne connaissait les
hautes fonctions sociales que par quelques
éclats de leur pompe extérieure et par les ré-
vélations informes des portiers, des valets et
des cuisinières, elle rêvait son fils à vingt ans

plus beau qu'un archange et couvert de déco-
rations, dans un salon plein de fleurs, au
milieu de femmes du monde ayant toutes
d'aussi bonnes manières que les actrices du
Gymnase :

> « En attendant, sur mes genoux,
> « Beau cavalier, endormez-vous. »

Puis elle contemplait ce même fils, debout
cette fois dans le prétoire, l'hermine à l'é-
paule, sauvant par son éloquence la vie et
l'honneur de quelque illustre client :

> « En attendant, sur mes genoux,
> « Bel avocat, endormez-vous. »

Elle le voyait ensuite en brillant uniforme,
dans la mitraille, sur un cheval cabré, rem-
portant une victoire, comme ceux dont elle
avait vu les portraits, un dimanche, à Versailles :

> « En attendant, sur mes genoux.
> « Beau général endormez-vous. »

Mais quand la nuit envahissait la chambre,
une nouvelle image étalait à ses yeux d'in-
comparables splendeurs.

Dans sa maternité à la fois orgueilleuse et
humble, elle contemplait, du fond obscur
d'un sanctuaire, son fils, son Jean, revêtu
d'ornements sacerdotaux, élévant le ciboire
dans la nef parfumée par les battements d'aile
des chérubins à demi-visibles. Et elle frémis-
sait comme la mère d'un dieu, cette pauvre
ouvrière malade dont l'enfant chétif languis-
sait près d'elle dans le mauvais air d'une
arrière-boutique :

« En attendant, sur mes genoux.
« Mon beau lévite, endormez-vous. »

Un soir, comme son mari lui tendait une
potion, elle lui dit avec un accent de regret :
— « Pourquoi m'as-tu appelée ? Je voyais
la sainte vierge dans des fleurs, des pierre-
ries, des lumières. C'était si beau ! »

Elle ajouta qu'elle ne souffrait plus, qu'elle
voulait que son Jean apprît le latin. Et elle
mourut.

II

Le veuf, qui était beauceron, envoya son fils dans le département d'Eure et Loir, au village, chez ses parents. Quant à lui, robuste et résigné, économe par instinct comme un patron et comme un père, il ne quittait le tablier de serge verte que pour aller le dimanche au cimetière. Il pendait une couronne au bras de la croix noire et, s'il faisait chaud, s'asseyait, au retour, sur le boulevard, contre la grille d'un marchand de vins. Là, en vidant lentement son verre, il regardait passer les mères et les petits enfants.

Ces jeunes femmes qu'il voyait venir et s'éloigner lui étaient de rapides images de sa Clotilde et lui inspiraient de la mélanco-

lie sans qu'il s'en rendît compte, car il n'était
pas habitué à réfléchir.

Le temps coula. Peu à peu, le souvenir de
la morte prit dans la mémoire du relieur un
caractère de douceur et de vague. Une nuit
il essaya, sans y réussir, de se représenter la
figure de Clotilde ; alors il se dit qu'il pourrait peut-être retrouver les traits de la mère
sur le visage de l'enfant, et il lui vint un
grand désir de revoir et de reprendre ce
reste de celle qui n'était plus.

Le matin, il écrivit à sa vieille sœur la
Servien une lettre pour la prier de venir
s'installer avec le petit dans la rue Notre-
Dame-des-Champs. La Servien qui avait vécu
longtemps à Paris, à la charge de son frère,
car elle était paresseuse avec délices, consen-
tit à revenir vivre dans une ville où, disait-
elle, les gens sont libres et ne dépendent
point de leurs voisins.

Un soir d'automne, elle fit son entrée par
la gare de l'ouest avec son Jean et ses pa
niers, droite, sèche, l'œil enflammé, prête

à défendre le petit contre des périls imaginaires. Le relieur embrassa l'enfant et dit :

— « C'est bon ! »

Puis il le mit à califourchon sur ses épaules et, lui recommandant de se bien tenir aux cheveux de son père, il l'emporta fièrement à la maison,

Jean avait sept ans. Des habitudes furent bientôt prises. A midi, la vieille fille mettait son châle et s'en allait avec l'enfant du côté de Grenelle.

Ils suivaient tous deux les larges allées bordées de murs écaillés et de cabarets peints en rouge. Le plus souvent un ciel gris pommelé comme les percherons qui passaient, recouvrait avec une douce tristesse le faubourg tranquille. Elle s'assayait sur un banc et, pendant que le petit jouait au pied d'un arbre, elle tricotait un bas et conversait avec un invalide à qui elle confiait qu'il était dur de vivre chez les autres.

Un jour, un des derniers beaux jours de l'automne, Jean accroupi à terre piquait dans le sable humide et fin des écorces de platanes. Cette puissance d'illusion qui fait vivre les enfants dans un miracle perpétuel changeait pour lui une poignée de terre et de bois en de merveilleuses galeries, en des châteaux féeriques ; il en battit des mains ; il en bondit de joie. Alors, il se sentit pris dans quelque chose de doux et de parfumé. C'était la robe d'une dame qui passait et dont il ne vit rien, sinon qu'elle souriait en l'écartant doucement. Il alla dire à sa tante :

— « Comme elle sent bon, la dame ! »

La Servien murmura que les grandes dames ne valaient pas mieux que les autres et qu'elle s'estimait plus, avec sa jupe de mérinos que toutes ces mijaurées en falbalas.

Elle ajouta :

— « Bonne renommée vaut mieux que ceinture dorée. »

Mais Jean ne comprenait pas ce langage. Cette soie parfumée qui avait effleuré sa joue lui laissa le souvenir doux et vague d'une caresse dans une apparition.

III

Un soir d'été, comme le relieur prenait le frais devant sa porte, un gros homme au nez rouge, assez vieux et qui portait un gilet écarlate taché de graisse, le salua avec politesse et mystère et lui dit d'une voix chantante à laquelle l'artisan lui même reconnut un accent italien :

— « Monsieur, j'ai traduit la *Jerusalem liberata,* le chef d'œuvre immortel de Torquato Tassó. »

Et il avait en effet un gros cahier de papier sous le bras.

— « Oui, monsieur, j'ai consacré mes veilles à cette tâche glorieuse et ingrate. Sans

famille, sans patrie, j'ai écrit ma traduction
dans des soupentes obscures et glacées, sur
du papier à chandelle, sur des cartes à jouer,
sur des cornets à tabac ! Voilà, quelle a été
la tâche du proscrit. Vous, monsieur, vous
vivez dans votre pays, au sein d'une famille
florissante, du moins je le souhaite. »

A ces mots, qui le frappaient par leur am-
pleur et leur étrangeté, le relieur songea à la
morte qu'il avait aimée et il la revit, roulant
ses beaux cheveux, comme aux premiers
matins.

Le gros homme poursuivit :

— « Je dis : l'homme est une plante que les
orages tuent en le déracinant.

« Voici votre fils, n'est-il pas vrai ? Il vous
ressemble. »

Et posant la main sur la tête de Jean, qui,
pendu à la veste de son père, s'étonnait de ce
gilet rouge et de ce parler chantant, il demanda si l'enfant apprenait bien ses leçons,
s'il devenait un savant, s'il n'étudierait pas
bientôt la langue latine.

— « Cette noble langue, ajouta-t-il, dont les monuments inimitables m'ont fait si souvent oublier mes infortunes.

« Oui, monsieur, j'ai souvent déjeuné d'une page de Tacite et soupé d'une satire de Juvénal. »

A ces mots, il imprima subitement la tristesse sur sa face enluminée, et baissant la voix :

— « Pardonnez moi, monsieur, si je vous tends le casque de Bélisaire. Je suis le marquis Tudesco, de Venise. Quand j'aurai reçu du libraire le prix de mon labeur, je n'oublierai pas que vous m'aurez assisté d'une pièce de monnaie dans mes plus dures épreuves. »

Le relieur, fort endurci contre tous les mendiants qui les soirs d'hiver entraient avec la bise dans sa boutique, éprouvait, au contraire, une sorte de sympathie et de respect pour le marquis Tudesco. Il lui glissa une pièce de vingt sous dans la main.

Alors, le vieillard, d'un air inspiré :

« Il y a, dit il, une nation malheureuse ; l'Italie ; une nation généreuse, la France ; et un lien qui les unit, l'humanité.

« Quelle vertu ! l'humanité ! l'humanité ! »

Cependant le relieur songeait aux dernières paroles de sa femme : « je veux que mon Jean apprenne le latin. » Il hésita, puis, voyant M. Tudesco saluer en souriant pour partir :

— « Monsieur, lui dit-il, si vous vouliez donner deux ou trois fois par semaine des leçons de français et de latin à cet enfant, nous pourrions nous entendre. »

Le marquis Tudesco ne parut point surpris. Il sourit et dit :

— « Certes, monsieur, puisqu'il vous est agréable, je me ferai une grande joie d'initier votre fils aux mystères du rudiment latin.

« Nous ferons de lui un homme et un citoyen, et Dieu sait jusqu'où ira mon élève, en ce beau pays de liberté et d'humanité. Il peut devenir ambassadeur, mon cher monsieur. Je dis : savoir c'est pouvoir. »

— « Vous reconnaîtrez la boutique, dit le relieur ; il y a mon nom sur l'enseigne. »

Le marquis Tudesco, ayant caressé l'oreille du fils et salué le père avec une familiarité noble, s'éloigna d'un pas encore léger.

IV

Le marquis Tudesco revint, sourit à la Servien qui lui lançait des regards empoisonnés, salua le relieur de l'air d'un protecteur discret et fit acheter des grammaires.

Il donna d'abord ses leçons assez régulièrement. Il s'était pris de goût pour ces récitations de noms et de verbes qu'il écoutait d'un air vénérable et propice, en déployant lentement son cornet de tabac, et qu'il entrecoupait de réflexions badines dont la bonhommie, relevée d'une pointe de férocité, trahissait son génie de sacripant bon apôtre. Il était facétieux et grave, et feignait longtemps de ne pas voir sur la table le verre rempli de vin à son intention.

Le relieur, le considérant comme un homme capable mais désordonné, le traitait avec beaucoup d'égards, car les vices de conduite ne nous choquent guère que chez des voisins, ou tout au plus chez des compatriotes. Jean s'amusait à son insu des malices et de l'éloquence de ce vieillard, qui réunissait en lui le prélat et le bouffon. Les récits de ce rare conteur passaient l'intelligence de l'enfant mais non sans y laisser certaines impressions confuses d'audace, d'ironie et de cynisme. Seule la Servien gardait à cet homme une haine et un mépris entiers. Elle ne s'expliquait point sur lui, mais elle opposait un visage rigide, à longues peaux, et deux yeux de flamme aux salutations courtoises que le professeur ne manquait jamais de lui faire, avec un tour particulier de ses petites prunelles grises.

Un jour le marquis Tudesco entra dans la boutique en titubant ; ses yeux qui pétillaient et sa bouche arrondie par une disposition à l'éloquence et à la volupté, son nez capable, ses joues roses de beau vieillard, ses mains grasses entr'ouvertes et son gros ventre lestement porté lui donnaient, sous le veston et le feutre, une parfaite ressemblance avec un petit dieu agreste de ses ancêtres, le vieux Silène.

La leçon fut, ce jour là, vague et capricieuse. Jean récitait d'un ton monotone: *moneo, mones, monet... monebam, monebas, monebat.....* Tout à coup, M. Tudesco se poussa en avant, fit horriblement grincer sa chaise et, posant le bras sur l'épaule de son élève, lui dit :

— « Jeune enfant, je vais te donner aujourd'hui une leçon plus profitable que tout le misérable enseignement dans lequel je me suis renfermé jusqu'à présent.

« C'est une leçon de philosophie transçendante: Ecoute-moi bien, jeune enfant. Si tu t'élèves un jour au-dessus de ta condition et si tu parviens à prendre connaissance de toi même et du monde, tu reconnaîtras que les hommes n'agissent que par égard à l'opinion de leurs semblables en quoi ils sont, *per*

Bacco! de bien grands-insensés. Ils craignent qu'on les blâme et souhaitent qu'on les loue.

« Ils ne savent donc pas, les sots, que le monde ne se soucie pas plus d'eux que d'une noisette et que léurs plus chers amis les verront glorifiés ou déshonorés sans perdre une bouchée de leur festin. Apprends de moi, *caro figliuolo*, que l'opinion ne vaut pas le sacrifice d'un seul de nos désirs. Si tu mets cela dans ta tête, tu seras un homme fort et tu pourras te vanter d'être l'élève du marquis Tudesco, de Venise, le proscrit qui a traduit dans une soupente glacée, sur du papier à chandelles, le poëme immortel de Torquato Tasso. Quel labeur ! »

L'enfant écoutait, sans le comprendre, ce bavardage d'ivrogne philosophe ; mais M. Tudesco lui faisait l'effet d'un homme singulier, effrayant, et plus grand de cent pieds que tous ceux qu'il avait encore vus.

Le professeur s'échauffait :

— « Eh ! s'écria-t-il, en se levant, quel prix l'immortel et infortuné Torquato Tasso rem-

porta-t-il de tout son génie ? Quelques baisers furtifs sur les marches d'un palais. Et
il mourut de faim dans un infâme hopital.
Je dis : l'opinion ! l'opinion, cette reine du
monde ; je lui arracherai sa couronne et son
sceptre. L'opinion, elle règne sur la pauvre
Italie, comme sur le reste du monde. Ah!
l'Italie ! quelle fulgurante épée viendra donc
un jour briser ses fers, comme je brise cette
chaise? »

En effet il avait saisi sa chaise par le dossier
et il la frappait rudement contre le plan-
cher.

Mais il s'arrêta tout à coup, sourit finement
et dit à mi-voix :

— « Non, non, marquis Tudesco, laissez,
laissez cette pauvre Venise en proie à la bar-
barie tudesque. Les fers de la patrie, c'est le
gagne pain du proscrit. »

Le menton dans sa cravate, il riait en lui-
même et son gilet se soulevait par sac-
cades.

La Servien, qui assistait à la leçon en

tricotant un bas et qui depuis quelques instants, ses lunettes relevées au milieu du front, observait le professeur d'un air stupéfait et défiant, s'écria comme en elle-même :

— « Si ce n'est pas abominable de venir chez les gens quand on est ivre ! »

Monsieur Tudesco ne sembla pas l'entendre. Il était redevenu calme et facécieux.

— « Jeune enfant, dit-il, écrivez la matière d'un thème. Ecrivez : « La pire des choses... la pire des choses... écrivez... est une femme vieille et méchante. »

Et, se levant, il salua la Servien avec la grâce noble d'un prélat, donna une tape amicale sur la joue de l'enfant, puis sortit.

Mais à compter de la leçon suivante, il étala tous ses respects et toutes ses grâces devant la vieille femme. Il arrondissait les coudes, mettait sa bouche en cœur, faisait la roue. Elle ne se rendait pas et gardait une immobilité haineuse de vieille chouette.

Mais un jour qu'elle cherchait ses lunettes,

ce qui était son occupation ordinaire, M. Tudesco lui offrit les siennes et l'obligea à les
essayer ; elle les trouva à sa vue et en éprouva
pour lui un peu de sympathie. L'italien, pro-
fitant de cet avantage, entra en conversation
et dit habilement du mal des riches. La bonne
femme l'approuva. Il s'en suivit un petit
commerce de menus propos. Tudesco avait
des remèdes contre la pituite. Cela aussi fut
bien reçu. Il redoubla de calineries, et la concierge, qui le voyait sourire sur le pas de la
porte, dit à la tante Servien : « C'est votre
amoureux. » La tante avait beau dire qu'à
son âge on n'avait pas besoin d'amoureux,
elle était flattée. M. Tudesco y gagna ce qu'il
voulait, c'est-à-dire d'avoir, à chaque leçon,
son verre rempli jusqu'au bord. On lui laissait
même, par politesse, le litre quand il n'était
qu'à moitié plein. Mais il avait le tort de le
vider.

Il demanda un jour du fromage. « Ce qu'il
en faut, dit-il, pour le repas d'une souris. Les
souris aiment comme moi, l'ombre, le silence

et les livres ; elles vivent de miettes, comme
moi. »

Ces façons de sage indigent firent un
mauvais effet ; la tante redevint muette et
sombre.

Monsieur Tudesco disparut au printemps.

V

Le relieur, bien qu'il gagnât peu, se résolut à faire entrer son Jean dans une pension où l'enfant pût recevoir un enseignement régulier et complet. Il choisit un externat voisin du Luxembourg, parce qu'il vit la tête d'un acacia sur le mur et que la maison lui sembla gaie.

Jean, nouveau et petit (il avait alors onze ans), garda pendant quelques semaines la stupeur dont l'accablaient la brutalité joyeuse des écoliers et l'épaisse gravité des maîtres. Peu à peu, il s'accoutuma à sa tâche, s'appropria quelques-unes des ruses par lesquelles on évite les punitions, inspira à ses camarades assez d'indifférence pour qu'ils ne lui volassent plus sa casquette et apprit à jouer aux billes.

Mais il n'aimait guères la pension et, à cinq
heures du soir, quand la prière était dite et la
gibecière bouclée, il se jetait d'un élan joyeux
dans la rue toute dorée par le soleil couchant.
Dans l'ivresse de la liberté, il faisait de grands
bonds, voyait tout, gens et bêtes, voitures et
boutiques, sous un charme et il en mordait
de plaisir le bras, la main, de la Servien qui
l'accompagnait en portant la gibecière et le
panier.

Les soirées étaient paisibles. Jean faisait
des bonshommes et rêvait sur ses cahiers à
un bout de la table que la Servien achevait de
desservir. Le père lisait. En vieillissant il
avait pris goût aux livres; il lisait les fables
de La Fontaine, l'histoire de France d'Anque-
til et le dictionnaire philosophique de Voltaire, « pour se rendre compte », disait-il. Sa
sœur tentait vainement de l'interrompre par
quelques aigres observations sur les voisins
ou sur « le gros homme qui n'était pas revenu », car elle s'était obstinée à ne point
retenir le nom du marquis Tudesco.

VI

Jean fut bientôt occupé tout entier par le
catéchisme, les sermons, les cantiques qui
précèdent la première communion. Enivré
de chants d'orgue, parfumé d'encens et de
fleurs, chargé de scapulaires, de chapelets,
de médailles et d'images, il prit, comme ses
camarades, un air important et un ton de retenue. Il se montrait dur et froid envers sa tante
qui ne parlait pas avec assez d'exaltation du
« grand jour ». Bien qu'elle eut mené longtemps son neveu chaque dimanche à la messe,
elle n'était pas dévote. Probablement elle
confondait dans une commune haine le luxe
des riches et les pompes du culte. On l'avait

plus d'une fois entendue sur les bancs des
boulevards déclarer à quelque invalide qu'elle
avait de la religion, mais qu'elle n'aimait pas
les prêtres, qu'elle priait Dieu chez elle et
que ses prières valaient bien celles qu'on
faisait dans les églises en étalant des cri-
nolines. Le père s'associait mieux à la nouvelle humeur de l'enfant. Il se sentait intéressé
et presque ému. Il tenait à relier lui-même un
livre de messe pour la cérémonie.

Quand vinrent les jours de retraites et de
confessions générales, Jean s'enfla d'un vague
orgueil. Il attendait quelque chose d'extraordinaire. Le soir, en sortant de Saint-Sulpice,
avec deux ou trois de ses camarades, il se
sentait enveloppé d'une atmosphère de mi-
racles; il lui semblait nécessaire que quelque
chose de divin s'accomplit. Ces enfants se
racontaient des histoires étranges et pieuses
qu'ils avaient lues dans quelque petit livre
d'édification. C'était l'apparition d'un moine
sorti de la tombe avec les pieds et les mains
percés et le côté ouvert : ou quelque religieuse,

belle comme les figures voilées des tableaux
d'église, expiant dans le feu de l'enfer des
péchés mystérieux. Jean avait son histoire
préférée. Il contait en frissonnant que saint
François de Borgia après la mort de la reine
Isabelle, qui était d'une beauté magnifique,
dut faire ouvrir le cercueil où elle reposait
dans sa robe brodée de perles ; son imagination refaisait cette morte royale, la revêtait
de toutes les magies de l'inconnu et épiait sur
elle les enchantements de la beauté dans les
abîmes de la mort. Et tout en parlant, il entendait, par le crépuscule, passer des soupirs
dans les platanes du Luxembourg.

Le grand jour vint. Le relieur, qui assistait
à la cérémonie avec la Servien, songea à sa
femme, et pleura.

Il approuva entièrement l'exhortation du
curé, dans laquelle le jeune homme sans foi
était comparé au coursier sans frein qui vole
aux précipices. Cette comparaison le frappa ;
et il lui arriva longtemps après de la citer
avec complaisance. Il résolut de lire la Bible,

comme il avait lu Voltaire, « pour se rendre compte. »

Jean quitta la nappe de lin, surpris d'être le même et déjà déçu. Il ne devait plus jamais ressentir la ferveur première.

VII

Les vacances approchaient. Par un midi
brûlant, Jean était assis à l'ombre sur le parapet qui bordait la cour du côté du jardin du
maître. Il jouait mollement à la marelle phé-
nicienne avec un camarade joli comme une
fille sons ses cheveux bouclés et dans sa veste
de coutil écru.

— « Ewans, lui dit Jean, en poussant un
petit caillou le long d'une des lignes tracées
au fusain sur la margelle de pierre, Ewans,
tu dois bien t'ennuyer d'être pensionnaire ?

— Maman ne peut pas me garder chez elle
répondit Ewans.

Servien demanda pourquoi.

— « Parce que... répondit Ewans.

Il regarda longtemps le caillou blanc qui lui servait à jouer, puis il ajouta :

— « Maman voyage.

— « Et ton père ?

— « Il est en Amérique. Je ne l'ai jamais vu. Tu as perdu. Recommençons.

Servien qui s'intéressait à Madame Ewans, à cause des magnifiques boîtes de bonbons qu'elle apportait à son enfant, fit cette question.

— « Tu l'aimes bien, ta mère ?

L'autre répondit :

— « Pardi !

Puis il ajouta :

— « Il faudra que tu viennes me voir un jour, pendant les vacances, chez maman. Tu verras : c'est très joli chez nous ; il y a des canapés et des coussins à n'en pas finir. Mais il ne faudra pas tarder, parce que nous irons bientôt à la mer. »

Un maigre domestique parut dans la cour et jeta au milieu des cris aigus des écoliers un

appel que n'entendirent pas les deux joueurs
de marelle. Un gros garçon, qui se tenait par
punition seul contre le mur avec la tranquilité
de l'habitude, souffla dans ses deux mains
ajustées en cornet :

— « Ewans, on te demande au parloir. »

Le surveillant s'approcha :

— « M. Garneret, dit-il, vous ferez ce soir
une demi-heure de piquet pour avoir rompu
le silence qui vous était ordonné. M. Ewans,
allez au parloir. »

Ewans battit des mains, sauta de joie et
dit à son ami :

— « C'est maman ! Je lui dirai que tu
viendras à la maison. »

Servien, rougissant de plaisir, balbutia
qu'il demanderait la permission à son père.
Mais Ewans avait déjà traversé la cour en
laissant derrière lui un sillage de poussière.

La permission, fut aisément donnée par
M. Servien, bien persuadé que tous les enfants admis dans un pensionnat si couteux
étaient issus de parents bien situés dans le

monde et dont la fréquentation ne pouvait être qu'avantageuse aux manières présentes et à l'établissement futur de son fils.

Les renseignements que Jean lui donna sur Madame Ewans devaient paraître excessivement vagues, mais le relieur était accoutumé à ce que les mœurs des gens riches fussent enveloppés pour lui d'un impénétrable mystère.

La tante Servien fit à ce sujet quelques observations très générales touchant les gens qui vont en voiture. Puis elle se rappela l'histoire d'une grande dame qui, comme Madame Ewans, avait mis son fils en pension et qui, de plus, fut compromise dans une affaire de pots de vin, sous Louis Philippe.

Elle ajouta en manière de conclusion que l'habit ne fait pas le moine, qu'elle se croyait, bien que ne portant pas de chapeaux, plus honnête que les femmes de « la haute », toutes des sucrées, et elle plaça son proverbe préféré : Bonne renommée vaut mieux que ceinture dorée.

Jean n'avait jamais vu de ceintures dorées ; mais l'image, dans son vague, lui souriait.

Les vacances étant venues, la tante, un
jeudi, après le déjeuner, tira de l'armoire
un gilet blanc. Jean, tout endimanché,
monta sur un omnibus qui le conduisit
à la rue de Rivoli. Il monta quatre étages
d'un escalier dont le tapis, fixé aux degrés
par des tringles de cuivre, lui parut sur-
prenant.

Les notes d'un piano arrivaient sur le palier. Il sonna, rougit et regretta d'avoir sonné.
Il eut voulu s'enfuir. Une femme de chambre
ouvrit la porte. Edgar Ewans était derrière
elle, dans un de ces costumes de toile écrue
qu'il portait si aisément.

— « Viens, » lui dit-il.

Et il l'entraîna dans un salon dont les rideaux mi-clos laissaient passer des flèches de
lumière qui se brisaient en éclats sur des
glaces et des appliques dorées. Une odeur
irritante et douce trainait dans cette pièce

étouffée par l'abondance des sièges capitonnés
et l'amas des coussins.

Jean aperçut dans cette ombre une dame
trop différente de celles qu'il avait remarquées
jusque-là pour pouvoir se faire une idée de
sa nature, de sa beauté, de son âge. Il n'avait
jamais vu d'yeux d'un éclat si vif sur une
peau si mate, ni de lèvres si rouges, souriant
avec une telle expression d'habitude et presque
de fatigue. Elle était assise devant son piano
dont elle agaçait lentement les touches, sans
former aucune phrase mélodique. Jean voyait
surtout d'elle une chevelure dont l'arrange-
ment le frappait comme quelque chose de
mystérieux et de beau.

Elle tourna la tête vers lui et, caressant
d'une main la blonde de son peignoir :

— « Vous êtes l'ami d'Edgar ? Dit-elle,
d'un ton cordial, mais d'une voix qui sembla
rude à l'enfant, dans ce salon parfumé comme
une chapelle.

— « Oui, madame.

— « Vous plaisez-vous à la pension ?

— « Oui, madame.

— « Les maîtres ne sont pas trop sé-
vères ?

— « Non, madame.

— « Vous n'avez plus votre mère ? »

A cette question, la voix de madame Ewans
s'était adoucie.

— « Non, madame.

— « Que fait votre père ?

— « Il est relieur, madame. »

Et le fils du relieur rougit en faisant cette
réponse. En cette seconde, il eût bien con-
senti à ne jamais revoir son père, qu'il
aimait, s'il eut pû, à ce prix, passer pour le
fils d'un capitaine de frégate ou d'un secrétaire
d'ambassade. Il songea tout à coup qu'un de
ses condisciples était fils d'un médecin célèbre
et que le portrait de ce médecin était exposé
dans les vitrines des papetiers.

C'était un père comme celui-là qu'il fallait
annoncer à madame Ewans. Par quelle injus-
tice ne le pouvait-il pas ? Il était honteux,
comme s'il avait dit une inconvenance.

Mais la mère de son ami l'avait écouté avec une indifférence parfaite.

Elle continuait à promener ses doigts au hasard sur le clavier.

Puis :

— « Il faut bien vous amuser aujourd'hui, mes enfants. Nous irons nous promener. Voulez-vous que je vous mène à la fête de Saint-Cloud ? »

Edgar fut d'avis qu'on y allât, à cause des chevaux de bois.

Madame Ewans se leva, rajusta par un joli geste ses cheveux cendrés et donna en passant un regard oblique à la glace.

— « Je vais m'habiller, dit-elle ; ce ne sera pas long. »

Pendant qu'elle s'habillait, son fils, assis au piano, cherchait à se rappeler un air d'opéra bouffe, et Jean, mal à l'aise sur le bord de sa chaise, contemplait dans le salon des choses étranges et somptueuses qui lui semblaient tenir mystérieusement à la personne de Madame Ewans et qui le troublaient presque autant qu'elle-même l'avait troublé.

Enveloppée d'une odeur légère, et d'un frisson de soie, elle reparut en ajustant les brides du chapeau qui lui faisait un léger diadème.

Elle souriait.

Edgar la regarda :

— « Maman, il y a quelque chose... Je ne sais pas quoi, qui te change. »

Elle contempla dans la glace sa chevelure dont la couleur blonde avait des reflets d'un violet pâle.

— « Il n'y a rien, dit-elle ; seulement j'ai mis de la poudre dans mes cheveux. »

Elle ajouta.

— « Comme l'Impératrice. »

Et elle sourit encore.

Elle mettait ses gants. On sonna. La femme de chambre vint dire à sa maîtresse que M. Delbèque attendait.

Madame Ewans fit la moue et dit qu'elle ne pouvait recevoir ; la femme de chambre fit tout bas quelques observations très sèches. Madame Ewans haussa les épaules.

— « Vous, restez-là ! » dit-elle aux enfants, et elle passa dans la salle à manger d'où s'éleva bientôt le murmure de deux voix.

Jean demanda tout bas à Edgar qui était ce monsieur.

— « M. Delbèque, répondit Edgar. Il a des chevaux et une voiture. Il vend des cochons. Un jour, il nous a menés au théâtre maman et moi. »

Jean était surpris et un peu choqué de ce que M. Delbèque vendît des cochons. Mais il n'en dit rien et demanda si c'était un parent.

— « Non, dit Edgar, c'est un de nos amis. Il y a longtemps... au moins un an que nous le connaissons. »

Jean, revenant à son idée, fit cette question.

— « Est-ce que tu lui as vu vendre ses cochons ?

— « Que tu es bête ! répondit Edgar ; il les vend en gros. Maman dit que c'est un fameux métier. Il a un porte-cigare avec un bout d'ambre et une femme toute nue sculptée en écume de mer. Imagine-toi que l'autre jour, il est venu conter à maman que sa femme lui faisait des scènes abominables. »

Madame Ewans passa la tête par la porte entr'ouverte :

— « Allons, dit-elle, allons! »

Et ils allèrent. A peine dans la rue, un homme qui fumait salua familièrement la jeune femme, d'un geste de sa main gantée. Elle murmura entre ses dents.

— « Nous n'en aurons jamais fini ! »

L'homme dit en grasseyant :

— « Chère amie, j'allais chez vous vous offrir une boîte de cigarettes du Levant. Mais je vois que vous promenez une pension, ma parole d'honneur ! une pension. Vous prenez des élèves. Tous mes compliments. Faites en des hommes, chère amie, faites en des hommes.»

Madame Ewans, le sourcil froncé et les lèvres pincées répondit.

— « Je suis avec mon fils et un ami de mon fils. »

Le monsieur considéra au hasard un des enfants qui se trouva être Jean Servien.

— « Très bien, très bien, dit-il. Ce garçon là est votre fils ? »

— « Ah ! non, par exemple ! » s'écria-t-elle avec vivacité.

Jean se sentit comme renié et, pendant que, d'un beau geste, elle posait la main sur l'épaule de son fils, il remarquait la tenue aisée et le costume élégant de son camarade et il regardait avec dégoût sa propre jaquette taillée par la Servien dans une redingote du relieur.

— « Aura-t-on l'honneur de vous voir ce soir aux Bouffes ? » demanda le monsieur.

— « Non ! » répondit Madame Ewans, et du bout de son ombrelle, elle poussa les enfants en avant.

Ils vont tous trois légers sous les marronniers des Tuileries, traversent le pont, descendent sur la berge, enjambant la passerelle branlante, puis le ponton d'embarquement.

Ils sont à bord du bâteau à vapeur qui

exhale au soleil une robuste odeur de goudron. Les longs parapets gris passent, puis les berges boisées.

Saint-Cloud ! Dès que les amarres sont jetées, madame Ewans saute sur le pont du débarcadère. Elle va droit au bruit des clarinettes et des grosses caisses, avec ses petits compagnons qu'elle guide du bout de son ombrelle.

Ce fut une grande surprise pour Jean, quand madame Ewans lui fit « essayer sa chance » à la loterie. Il s'était déjà promené avec la Servien dans les foires de banlieue, mais sa tante l'y avait détourné si énergiquement de toute dépense, qu'il croyait les tourniquets et les tirs réservés à une classe de personnes dont il n'était pas. Madame Ewans prit un grand intérêt au jeu de son fils à qui elle recommanda de pousser fortement la manivelle.

Elle avait sur la chance les idées les plus superstitieuses. Elle « appelait » les gros lots. Elle battait des mains quand Edgar

gagnait un coquetier ; les coups malheureux
la désolaient, soit qu'elle fût aveuglement cu-
pide pour le bien de son fils, soit plutôt
qu'elle vit dans cette malechance un présage.
Après deux ou trois tours de perte, elle
écarta son fils, fit tourner le disque de bois si
brusquement que son faix de porcelaine et de
verrerie en tinta, et elle joua pour son propre
compte une fois, deux fois, vingt fois, trente
fois, avec fureur. Ce fut ensuite tout une
affaire de changer les petits lots contre un
gros, suivant l'usage. Elle se décida pour un
service à bière dont elle donna les pièces à
porter aux deux amis. Ce n'était qu'un com-
mencement. Elle retint les enfants à chaque
boutique. Elle leur fit tirer des macarons au
jeu de la rouge et de la noire. Elle leur fit
éprouver leur adresse dans tous les tirs, avec
des arbalètes, chargées de petits cylindres de
terre glaise, avec des pistolets et des carabines
à capsules et balles de plomb, à toutes les
distances, sur toutes les cibles, contre des
figurines de plâtre, des pipes tournantes, des

poupées et contre l'œuf dansant à la cime
d'un jet d'eau.

Jean Servien n'avait jamais fait un tel
exercice, ni usé si vite de tant de choses di-
verses.

Les yeux criblés de formes brutales et
de couleurs criardes, la gorge brûlée de poussière, coudoyé, pressé, poussé, bousculé, par la
foule, il était ivre de cette débauche de jeux.

Il voyait madame Ewans ouvrir sans cesse
son petit porte-monnaie en cuir de Russie,
et une puissance nouvelle lui était révélée.
Ce n'était pas tout encore. Il fallut faire
tourner la toupie hollandaise monter sur
les chevaux de bois, rouler du haut des montagnes russes, et tourner dans les gondoles
vénitiennes, se faire peser dans la balance,
toucher le bras de la femme torpille.

Mais madame Ewans revenait sans cesse
devant la maringote d'une somnambule trans-
lucide de Paris munie d'un certificat signé
par le ministre de l'agriculture et du commerce et par trois médecins de la faculté,

Elle regardait avec envie les bonnes monter
en rougissant dans la voiture meublée d'un
lit et de deux chaises ; mais elle n'osait pas
monter comme elles.

Elle se rappelait qu'une somnambule avait
aidé une de ses amies à retrouver des couverts
volés.

Elle même avait consulté une tireuse de
cartes peu de temps avant la naissance d'Edgar,
et celle-ci lui avait annoncé un garçon. Ils
étaient las tous les trois et chargés de porcelaine, de verrerie, de mirlitons, de bâtons de
sucre de pomme, de pains d'épice et de macarons. Ils entrèrent pourtant dans la baraque
des figures de cire, où ils virent le corps de
monseigneur Sibour exposé dans la chapelle
ardente de l'archevêché, l'exécution de Marie
Stuart, des membres atteints de différentes
maladies hideuses et une géorgienne sortant
du bain. Un écriteau indiquait que cette géorgienne était le type le plus pur de la beauté
féminine. Madame Ewans l'examina avec une
curiosité qui bien vite devint malveillante.

— « On dira tout ce qu'on voudra, mur-
mura-t-elle ; je ne voudrais pas pour tout au
monde avoir des pieds si grands et une taille
si forte. Et puis, ces figures régulières ne
plaisent pas du tout. On aime mieux un visage
expressif. »

Quand ils sortirent de la baraque, le soleil
était bas et la poussière flottait en nuages
d'or sur la foule des femmes, des ouvriers et
des militaires.

C'était l'heure de dîner. Mais en passant
devant le cirque des singes, madame Ewans
vit une telle queue de curieux se couler sous
la draperie de toile à matelas de l'estrade,
qu'elle ne put résister à la force de l'exemple.
Du reste une curiosité l'attirait vers les singes
qu'on lui avait dit sensibles à la beauté des
femmes. Mais le spectacle détourna ses idées.
Elle vit un caniche en pantalon rouge fusillé
comme déserteur malgré sa mine honnête.
Les larmes lui en vinrent aux yeux, tant elle
était sensible aux illusions du théâtre !

— « C'est pourtant vrai, dit-elle, le cœur

gros. On a vu des pauvres militaires fusillés
pour avoir couru sans permission au lit de
mort de leur mère, ou pour avoir souffleté un
officier insolent. »

Quelque vieille chanson de Béranger, entendue chez des ouvriers, dans son enfance
plébéiennne, lui remontait à la mémoire et
ajoutait à son attendrissement. Elle raconta la
lamentable histoire du chien du condamné, et
rendit les deux enfants tout tristes.

Mais au pied même du cirque, un marchand
de mirlitons, coiffé d'un casque de papier, les
fit éclater de rire.

Il fallait songer à dîner. Elle savait une
auberge, au bord de la Seine, où l'on pourrait manger une friture sous la tonnelle. Ils
y allèrent.

La parisienne et la cabaretière se saluèrent
d'un clignement d'œil. Il y avait longtemps
que celle-ci n'avait vu madame ; elle ne connaissait pas les deux petits messieurs : mais ils
étaient tout de même bien mignons. Madame
Ewans commanda le repas comme eût fait un

connaisseur, savamment et dans l'argot des
restaurants. Elle, son chapeau débridé ; eux,
le dos contre la treille, ils savouraient en silence leur lassitude délicieuse. Ils voyaient la
rivière et ses berges vertes à travers une ar-
cade de vigne vierge. Leur pensée coulait in-
sensiblement comme l'eau qu'ils regardaient.
L'ombre et la fraîcheur du soir vinrent les
caresser mollement. C'est alors que Jean Servien, en regardant madame Ewans, éprouva
pour la première fois, la douceur de se sentir
près d'une femme.

Bientôt, échauffé par un peu de vin mêlé
d'eau qu'il avait bu, il ne vit plus rien que ses
rêves pleins d'images élégantes, absurdes et
nobles. Et c'est environné de ces visions qu'il
retourna à la fête, où l'entraîna madame
Ewans, insatiable de spectacle et de bruit.
Des arcs lumineux s'élevaient à intervalles
réguliers sur l'avenue brodée d'échoppes et
de tréteaux, mais les allées latérales étaient
sombres et désertes sous leurs grands arbres
noirs. Des couples y passaient lentement. Le

bruit des musiques foraines y venait en s'a-
doucissant. Ils étaient là, quand un orchestre
de clarinettes, de trombones et d'ophicléides
éclata près d'eux, en jouant une polka de bal
public. Dès les premières mesures, madame
Ewans n'y put tenir. Elle attira Jean contre
elle, lui arrangea les bras dans les siens et,
d'un coup de hanche l'élévant de terre, se
mit à danser avec lui. Elle se balançait au
rhythme de la musique ; mais lui, gauche et
troublé, ne s'enlevait pas ; il la retardait et la
heurtait. Elle se détacha brusquement de lui
et dit avec une impatience sèche :

— « Vous ne savez donc pas danser ! Viens
Edgar. »

Elle fit, dans l'ombre, quelques temps de
danse avec lui. Puis, rose et souriante :

— « A la bonne heure ! » dit-elle.

Servien, sentant son impuissance, était devenu sombre. Une colère sourde lui montait
au cœur. Il souffrait, et il se sentait un besoin de haïr.

Le retour en fiacre fut silencieux.

Jean se rompait les jambes pour ne pas
frôler les genoux de madame Ewans qui som-
meillait au fond de la voiture. Elle le laissa
descendre devant sa porte sans se réveiller
tout à fait pour lui dire : « Adieu, Monsieur. »

En rentrant au logis, il s'aperçut pour la
première fois d'une odeur de colle qui lui
sembla insupportable. La chambre où il avait
longtemps dormi heureux et aimé lui parut
misérable. Il s'assit sur son lit et regarda
avec une tristesse amère le bénitier de porcelaine dorée, l'estampe commémorative de
sa première communion, la cuvette posée sur
la commode et, dans les angles, des piles de
cartons et de papiers vernis pour reliures.

Tout ce qui l'entourait lui semblait animé
contre lui d'un esprit méchant et injuste. Il
entendait de la pièce voisine son père qui ronflait. Il se le figura à son établi, avec son tablier de serge, tranquille, content. Quelle
honte ! Et, pour la seconde fois dans un tour
de cadran, il rougit de son père.

Ses songes furent pesants ; il rêva qu'il tournait indéfiniment dans des appareils compliqués, sans pouvoir éviter de toucher le genou de madame Ewans, malgré la peur qu'il en avait.

Il vit aussi dans un champ, d'innombrables cochons de marbre, élevés sur des socles de pierre et M. Delbèque se promenant lentement au milieu de ces troupeaux inanimés.

VIII

Le lendemain, il se réveilla maussade et abattu.

— « Eh ! bien, lui dit son père, en aspirant avec bruit chaque cuillerée d'une écuelle de soupe, eh ! bien t'es tu amusé hier, mon garçon ? »

Il répondit brièvement et avec répugnance. Tout lui soulevait le cœur. La robe d'indienne de sa tante lui donnait une sorte de rage.

Le père faisait des questions minutieuses ; il aurait eu plaisir à refaire, tout en mangeant son potage, la promenade de son fils. Il avait vu Saint-Cloud du temps qu'il était militaire. Mais il n'y était jamais retourné depuis. Il avait une idée : ils iraient tous trois à Versailles ; sa sœur aurait soin de faire cuire la veille un morceau de veau qu'on pût emporter. Ils visiteraient le musée, mangeraient sur le tapis vert et prendraient beaucoup de plaisir.

Jean, à qui ces projets faisaient horreur, ouvrit ses cahiers et mit la tête dans ses livres, pour se dispenser d'entendre davantage et de répondre. Il se mettait d'ordinaire plus lentement à l'ouvrage. Son père lui en fit la remarque, en le louant de son zèle.

— « Il faut, dit-il, s'amuser quand c'est l'heure de l'amusement et travailler quand c'est l'heure du travail. »

Et il se mit à laminer sa peau de chagrin.

Jean rêva. Il avait entrevu tout un monde qu'il savait à jamais fermé pour lui et vers lequel toutes les forces de sa jeune nature l'entraînaient irrésistiblement. Il n'imaginait pas que madame Ewans pût être jamais différente de ce qu'il l'avait vue. Il ne se la figura ni autrement vêtue, ni autrement environnée. Il ne savait rien des femmes : celle-là lui était apparue toute maternelle, et c'était une mère comme madame Ewans qu'il eût voulu avoir. Mais avec quels battements de cœur et quelle chaleur au front il évoquait cette mère chimérique!

A compter de la journée de Saint-Cloud, Jean se crut malheureux et il le devint en effet. Il s'efforça d'être insoumis ; il était fier de rompre la discipline et de mépriser les châtiments.

Il suivait avec ses camarades de pension les classes d'un lycée du quartier latin. Dès qu'il avait pris sa place sur le plus haut gradin de la salle bien chauffée, il lisait quelque roman sentimental, dissimulé sous des piles d'auteurs latins et grecs. Parfois le professeur découvrait, malgré sa myopie, le livre clandestin. Jean avait ses heures d'éclat. Ses versions étaient remarquables, sinon par l'exactitude, du moins par l'élégance. De même, il n'était pas sans exemple qu'on relevât dans ses thèmes des tournures heureuses. Il fit, sur ce sujet : « *La vierge Théano dé-*

fendant Alcibiade contre les Athéniens irri-tés », un discours latin qui, chaudement approuvé par M. Duruy, alors inspecteur de l'instruction publique, valut à l'élève quelques semaines de popularité scolaire.

Il allait, les jours de congé, sur les boulevards et il contemplait avidement, à travers les glaces des boutiques, les bijoux, les étoffes, les bronzes, les photographies de femmes, les mille choses dont les caprices frivoles lui semblaient les formes nécessaires du bonheur.

Entré en philosophie, il eut son premier chapeau de haute forme et il fuma des cigarettes, en compagnie. Son esprit avait quelque chose de brillant et de fin qui amusait ses camarades. Il leur était supérieur par l'imagination.

Ses dernières vacances se passèrent d'une façon tolérable. Son père, le trouvant un peu pâle, l'envoya au village chez des parents chartrains. Jean, après les longs dîners de la ferme, allait s'asseoir sous un arbre, et lisait

un roman. Parfois il allait à la ville dans la
voiture du meunier. Souvent il recevait le
long de la route la pluie qui tombait triste-
ment à la tombée du jour. Puis il avait le
plaisir de se sécher à la grande cheminée
d'une auberge du faubourg, devant le tourne-
broche odorant. Il lui arriva même de chasser
avec un fusil à pierre en compagnie de son
cousin le meunier. Enfin, il pouvait se flatter
à son retour, d'être allé à la campagne.

IX

A dix-huit ans, il fut reçu bachelier.

Le soir de l'examen, M. Servien déboucha une bouteille cachetée, qu'il gardait depuis longtemps en vue de cette solennité domestique et dont le vin, en se dépouillant, était devenu rose.

— « Un jeune homme qui a son diplôme dans sa poche peut entrer par toutes les portes, disait M. Servien, en buvant avec respect ce vin passé, qui avait été bon. »

Jean expédia lestement le repas de famille et courut au théâtre. Il ne connaissait encore les spectacles que par les affiches. Il choisit, pour cette soirée, un grand théâtre où l'on jouait une tragédie. Il prit son billet de par-

terre avec l'espoir confus d'entrer dans un
monde de passions et de voluptés. Tout est
trouble aux âmes troublées. En entrant dans
la salle, il fut surpris et contristé du peu de
spectateurs qu'il y avait aux fauteuils et dans
les loges. Mais des qu'il entendit les premiers
grincements des violons qu'on accordait, il
regarda fixément la toile, qui se leva enfin.

Alors, il vit, dans un palais romain, debout,
accoudée au dossier d'un siège antique, une
femme qui portait sur sa robe de laine blanche
la palla couleur de safran. Elle récitait, dans
le bruit des pas, des étoffes et des petits bancs,
un long monologue, et faisait des gestes lents.
Il sentit en la voyant une joie inconnue qui
peu à peu devint aïgue et presque doulou-
reuse. La succession des scènes amena sur le
théâtre une confidente, puis un héros, puis des
comparses. Mais il ne voyait que la première
apparition. Ses regards s'attachaient avidement à elle; ils caressaient les deux bras nus,
autour desquels jouaient des anneaux ; ils
glissaient le long de la hanche, sous la haute

ceinture; ils plongeaient dans les cheveux
bruns, ondulés sur le front et liés au chignon
par trois bandelettes blanches; ils se pressaient
contre cette bouche qui remuait et contre les
dents humides que, par moments, un reflet de
la rampe faisait étinceler. Il voulait sentir,
prendre, retenir cette chose belle et vivante
qui lui était offerte en spectacle; il l'enveloppait, l'étreignait des yeux.

L'entr'acte (car on change de décor au
cours de cette tragédie) lui sembla fastidieux.
Ses voisins parlaient politique; on se passait
devant lui des quartiers d'orange; le marchand
de journaux et le loueur de lorgnettes l'as-
sourdissaient. Il redoutait que quelque événe-
ment subit vînt interrompre le spectacle.

La toile se releva sur des scènes de politique cornélienne, qui n'existèrent pas pour
Servien. Par bonheur, la belle figure en robe
blanche reparut. Mais il la regardait trop; il
ne la voyait plus; à force de fixer son regard
sur les longs pendants d'or qui tombaient des
oreilles de l'actrice, il était ébloui; ses yeux

humides se fermaient et il n'entendait plus
que le tintement clair de ses tempes.

Par un grand effort, lors de la scène finale,
il la revit et l'entendit d'une manière nette et
précise et non point toutefois comme une
personne naturelle, car alors elle révêtait
pour lui la simplicité d'une vision surhumaine.
Et quand, au signal de la sonnette, la toile se
déroula pour la dernière fois, il eut la sensa-
tion d'un irréparable écroulement.

On joua ensuite le *Tartuffe,* mais ni la
verve correcte des comédiens, ni le joli visage
et les épaules rondes d'Elmire, ni les beaux
bras de la soubrette, ni les jeunes yeux de
l'ingénue, ni les grands vers heureux qui
remplissaient la salle réveillée ne remuèrent
son âme arrêtée sur les lèvres d'une tragédienne.

En sortant, le premier souffle d'air frais
qui lui frappa le visage dissipa son ivresse.
Il se remit à sentir et à penser. Mais il ne
pensait qu'à la tragédienne et ne voyait distinctement que l'image de cette femme. Cette

obsession dans les rues noires lui était douce,
et il fit de longs détours sur les quais pour
prolonger son rêve, emportant de volupté
autant et plus qu'il n'en pouvait contenir. Il
était heureux parce qu'il était las ; nul désir
ne s'élevait dans son âme accablée d'une
fatigue délicieuse et ses yeux seuls avaient
pourvu jusqu'à l'excès aux appétits de sa nature vierge.

Il tomba à demi-vêtu sur son lit, avec la
joie de garder une belle image dans son âme.
Le seul besoin qu'il éprouvât était de s'a-
néantir dans le sommeil enchanté qui pesait
sur ses paupières d'adolescent.

A son réveil il chercha des yeux quelque
chose. Il ne savait pas encore qu'il était amoureux, mais quelque chose lui manquait. Il
n'eut pourtant d'autre envie que de lire les
vers qu'ils avait entendu réciter par l'actrice.
Il prit sur son étagère un tome de Corneille
et lut le rôle d'Émilie. Tous les vers l'enchan-
taient également parce qu'ils ranimaient tous
en lui le même souvenir.

Son père et sa tante avec lesquels il vivait
n'avaient plus pour lui un sens et une figure
bien nets.

Leurs plus rudes familiarités ne pouvaient
le distraire, et les brutalités d'une vie étroite
et pauvre ne troublèrent point sa fête intérieure. Tout le jour, au fond de la boutique
où l'odeur de colle-forte se mêlait au fumet de
la soupe aux choux, il vivait dans une incom-
parable splendeur. Son petit livre, criblé de
coups d'ongles aux couplets d'Émilie, suffisait
à l'entretenir dans la plus belle des illusions.
Une image et des sons, c'était pour lui le
monde.

En peu de jours il sut par cœur tous les
vers de la tragédie; il les récitait d'une voix
enflée et lente, et sa tante lui disait après
chaque tirade, tout en épluchant des légumes:

— « Tu veux donc te faire curé, que tu
prêches comme à l'église ? »

Mais elle approuvait en somme ces exercices et, quand M. Servien se plaignait en se
grattant la tête de ce que son fils ne se décidât

à embrasser aucune profession, elle prenait
hautement la défense « du petit » et fermait la
bouche au relieur en lui déclarant qu'il n'entendait rien à rien.

Le bon homme retournait alors à sa peau
de mouton. Mais, bien qu'il ne se fit pas une
idée très-nette de ce qui se passait dans l'esprit de son fils, parce que celui-ci, étant devenu « un monsieur », échappait à sa compé-
tence, il s'inquiétait de ce qu'un repos, légi-
time d'ailleurs à la suite d'un examen heu-
reusement subi, se prolongeât ainsi. Il était
pressé de voir son fils gagner quelque argent
dans une administration. On lui avait parlé de
l'hôtel de ville et des ministères, et il cherchait
dans sa tête s'il ne trouverait pas quelque protecteur dans sa clientèle. Mais il n'était pas
homme à brusquer les choses. .

Un jour que Jean Servien faisait une de ces
longues promenades dont il avait pris l'habi-
tnde, il lut sur l'affiche que son Emilie,
mademoiselle Gabrielle T***, jouait dans le
spectacle du soir. Cette fois, il mit malgré

4

l'opposition de sa tante, ses habits du dimanche, fit apprêter ses cheveux au fer et s'assit à l'orchestre. Il la revit!

Tout d'abord, elle lui sembla moins belle qu'il ne se l'était figurée. Il avait tant travaillé, tant veillé sur la première image emportée d'elle que cette image s'était transformée à son insu, et le type même qui l'avait formée n'y répondait plus. Puis, il était déconcerté de ne revoir ni la stola blanche et le manteau couleur de safran, ni les bracelets et les bandelettes qui lui avaient semblé tenir à la chair qu'ils ornaient. Maintenant, elle portait le turban de Roxane et le léger pantalon noué à la cheville. Il ne s'habitua que peu à peu à ce changement. Il reconnut qu'elle avait les bras un peu grêles et qu'une de ses dents était en arrière de la blanche rangée. Mais à la longue ces défauts lui furent agréables parce qu'ils étaient en elle, et il l'en aima davantage. Cette fois, par le changement qui est l'essence même de la vie et par l'imperfection qui est le caractère des êtres vivants, elle lui inspirait un intérêt sensuel et l'idée d'une chose humaine à laquelle on pouvait se prendre et se mêler. Son admiration fut alors pénétrée d'attendrissement et pleine d'une tristesse infinie. Il pleura.

Le lendemain il eut un grand désir de la voir telle qu'elle était dans la vie, en toilette de ville. C'était déjà quelque chose d'intime que de la rencontrer dans la rue. Un soir qu'elle jouait, il la guetta à la porte de l'administration par laquelle sortirent tour à tour les machinistes, les acteurs, les gardes de Paris, les pompiers, les habilleuses, les comédiennes, puis elle, bien enveloppée dans son manteau de fourrure, un bouquet à la main, grande, et si blanche dans l'ombre, qu'elle lui semblait éclairée par une lumière intérieure. Elle attendit sur le seuil qu'on fît avancer une voiture.

Il pressa de ses deux mains sa poitrine et craignit de mourir.

Quand il fut sur le quai désert, il arracha une feuille à une branche qui pendait d'un

platane. Puis, accoudé au parapet du pont, il
jeta cette feuille dans le fleuve et il la regarda
couler au fil de cette eau argentée par la lune
et semée de feux tremblants. Il la regarda
aussi longtemps qu'il put la voir : c'était son
propre emblème. Il s'abandonnait, lui aussi,
au courant d'une passion brillante et qu'il
croyait profonde.

X

Il y avait cette année-là, une exposition universelle sur le champ-de-Mars. C'était, sur les avenues, au soleil et dans la poussière, un long fourmillement d'hommes. Jean franchit le tourniquet du péage et entra dans le palais de fonte. Il suivait encore son amour, car il associait celle qu'il aimait à toutes les représentations de l'art et du luxe. Il prit le parc et alla droit à l'édicule égyptien. L'Égypte avait occupé ses rêves du temps qu'il ne songeait pas qu'à une femme. Dans l'allée de sphinx et devant le temple peint, il ressentit cette impression de poésie qui se dégage des formes anciennes et singulières et que ressentent vivement les amoureux. Le

4.

sanctuaire lui sembla vénérable, malgré l'u-
sage forain auquel il servait dans cette exhi-
bition universelle. En voyant les bijoux de
la reine Aahotep qui vécut et fut belle au-
temps des patriarches, il songea avec mé
lancolie à ce qui avait été et n'était plus. Il
se représenta les cheveux noirs qui avaient
parfumé ce diadème de sphinx, les bras fins
et bruns que ces perles d'or et de lapis avaient
touchés, les épaules sur lesquelles ces ailes
de vautour s'étaient posées, les seins aigus
que ces chaînes, que ces gorgerins avaient
pressés, la poitrine contre laquelle ce scarabée
d'or aux élytres bleues tiédissait autrefois,
la petite main royale qui avait tenu ce poignard couvert de fleurs et de têtes de femmes.
Il ne pouvait concevoir que ce qui était un
songe pour lui eût été une réalité pour
d'autres hommes. Il se perdait à suivre l'é-
coulement des choses. Il se disait qu'une autre
forme vivante s'évanouirait à son heure et
qu'il serait vain alors qu'elle eût été tant dé-
sirée. Cette idée l'attrista et le calma. Il pen-

sait, devant ces bijoux funéraires, à tous ces
hommes qui dans l'abîme des temps avaient
tour à tour aimé, convoité, joui, souffert, que
la mort avait pris affamés ou repus et qu'elle
avait également comblés. Une tristesse tranquille l'envahit, et il resta immobile, la tête
dans les mains.

XI

Le lendemain, pendant le déjeuner, Jean remarqua pour la première fois que son père avait l'air vénérable et bon. Le relieur, en effet, prenait avec l'âge une sorte de beauté. Son front sous les boucles de ses cheveux blancs, s'était poli et révélait l'habitude des pensées calmes et honnêtes. L'âge, en rendant moins aisé le jeu des membres, cachait les déformations causées par le travail de l'atelier sous les déformations plus solennelles que le long travail de la vie imprime uniformément à tous les hommes. Le vieillard avait lu, réfléchi, tendu vers le mieux avec bonne volonté et reçu cette onction que la foi religieuse

donne aux simples; car il était devenu pieux,
et il suivait les offices de sa paroisse. Jean se
dit qu'aimer ce père serait chose facile et
douce, et il résolut d'entrer dans une vie de
travail et de sacrifice. Mais il n'avait pas d'é-
tat et il ne savait que faire.

Enfermé dans sa chambre, il eût pitié de
lui-même et il voulut se redonner la paix du
cœur, le calme des sens, la bonne vie qui s'en
était allée avec cette feuille de platane livrée,
l'autre soir, au fil de l'eau. Ayant ouvert un
roman, à la première page d'amour il rejeta
le livre, se mit à lire un récit de voyages et
suivit un explorateur anglais dans le palais de
roseaux du roi de l'Ouganda. Il remonta le
Nil à Ourondogami : les hippopotames rena-
claient dans l'eau; les floricains et les pintades
prenaient leur vol, tandis qu'un troupeau
d'antilopes fuyait dans les hautes herbes. Il
fut rappelé de si loin par sa tante qui criait
dans l'escalier :

— « Petit! petit! descends dans la boutique; ton père t'appelle! »

Un gros homme sanguin, voûté comme on l'est par l'habitude du bureau, était assis près du comptoir. M. Servien le regardait d'un air soumis.

Quand Jean parut, l'étranger demanda si c'était là le jeune homme en question. Il ajouta d'un ton bourru :

— « Vous êtes tous les mêmes. Vous travaillez, vous suez, vous vous épuisez pour faire de vos fils des bacheliers et vous croyez que le lendemain de l'examen ces gaillards-là seront nommés ambassadeurs. Pour Dieu! ne nous donnez plus de bacheliers. Nous ne savons qu'en faire.... Les bacheliers! ils encombrent le pavé; ils sont cochers de fiacre, ils distribuent des prospectus dans les rues. Il en meurt à l'hôpital, il en va au bagne. Pourquoi n'avez-vous pas appris votre métier à votre fils? Pourquoi n'avez-vous pas fait de lui un relieur?... Oh! je le sais bien! vous n'avez pas besoin de me le dire : c'est par ambition. Hé bien! un jour votre fils crevera de faim en rougissant de vous, et ce sera

bien fait! L'État! dites-vous, l'État! vous
n'avez que ce mot là dans la bouche. Mais il
est encombré, l'État! Aux finances, on nous
envoie des bacheliers qui ne savent pas l'orthographe : qu'est-ce que vous voulez que
nous fassions de tous ces clampins-là? »

Il passa la main sur son front rouge.
Puis, marquant d'un geste qu'il s'adressait à
Jean :

— « Au moins avez-vous une bonne écriture? »

M. Servien répondit pour son fils qu'elle
était lisible.

— « Lisible! lisible, reprit le protecteur
en agitant ses joues lourdes. Une écriture
d'expéditionnaire doit être régulière. Jeune
homme, votre écriture est-elle régulière? »

Jean dit qu'il ne savait pas, qu'elle avait pu
être gâtée, qu'il y avait attaché peu d'impor-
tance.

L'homme fronça les sourcils :

— « C'est un tort, dit-il; et j'ose dire qu'il
y a chez les jeunes gens une affectation

puérile à ne pas écrire convenablement.... Je puis avoir une certaine influence au ministère, mais il ne faut pas me demander l'impossible. »

À ces mots, le relieur fit un geste timide. Il n'avait pas l'air, en vérité, d'un homme qui demande l'impossible.

L'homme se leva.

— « Vous prendrez, dit-il à Jean, des leçons d'écriture et de calcul. Vous avez huit mois devant vous. Dans huit mois le ministre ouvrira une session d'examens. Je vous ferai inscrire. Mettez-vous à l'œuvre sans perdre une minute. »

Ayant dit, il tira sa montre, comme pour voir si, en effet, son protégé laissait passer une seule minute avant de commencer sa tâche. Il recommanda au relieur de se mettre sans retard aux livres qu'il lui donnait à cartonner, et il sortit. Quand le relieur l'eut reconduit jusqu'à sa voiture :

— « Jean, mon garçon, dit-il, monsieur Bargemont, à qui j'ai parlé de toi et que tu

viens d'entendre, t'aidera à entrer au minis_
tère des finances où il occupe une grande
position. Tu as compris ce qu'il t'a dit pour
les examens : tu connais, Dieu merci! ces
choses-là mieux que moi. Je ne suis qu'un
ignorant, mon garçon, mais je suis ton père.
Écoute bien ce que je veux t'expliquer, afin
que, de ce jour-ci jusqu'au jour où j'irai retrouver ta pauvre mère, nous puissions nous
regarder tranquillement en face et nous comprendre d'un clin d'œil. Ta mère t'a bien
aimé, Jean. Il n'y a pas de mine d'or qui
puisse donner une idée de la richesse du cœur
qu'avait cette femme là. Dès qu'elle te vit
venir au monde elle vécut, autant dire, plus
en toi qu'en elle. Son amour était trop fort.
Enfin elle est morte. Ce n'est la faute de personne. »

Le vieillard tourna involontairement les
yeux vers l'angle le plus obscur de la boutique, et Jean, regardant du même côté, vit
dans l'ombre les formes anguleuses de la
presse à bras.

M. Servien poursuivit :

— « Elle me demanda en mourant de faire
de toi un homme instruit, parce qu'elle savait
que l'instruction est la clé qui ouvre toutes
les portes.

« J'ai voulu ce qu'elle avait voulu. Elle n'é-
tait plus là, Jean, et quand la parole d'un
mort vous remonte aux oreilles et vous dit :
« J'ordonne pour le bien », il faut obéir. Je
m'y suis pris comme j'ai pu, mais sans doute
que Dieu était avec moi, puisque j'ai réussi.
Te voilà instruit, c'est bon ! mais il ne faut
pas que ce qui est fait pour le bien tourne
pour le mal. Le mal c'est l'oisiveté. J'ai travaillé comme une bête de somme et j'ai, du
matin au soir, la bricole au cou, donné de
fameux coups de collier. Je me rappelle par-
ticulièrement un train de cartonnages pour la
maison Pigoreau qui me tint debout pendant
trente six heures consécutives. Et cette année-
ci encore, pour payer tes examens, j'ai
accepté une commande dans le genre anglais
qui m'a donné une peine terrible parce que

ce n'est pas mon genre à moi et qu'à mon âge
on n'est pas bon pour faire du nouveau. Ils
voulaient une façon légère, avec un carton
souple comme du papier. J'en ai pleuré, mais
j'ai réussi. C'est un fameux outil, que la main
d'un ouvrier ! Mais le cerveau d'un homme
instruit est un outil bien plus merveilleux
encore, et celui-là tu l'as, grâce à Dieu d'a-
bord, à ta mère ensuite. C'est elle qui a eu
l'idée de t'instruire ; je n'ai fait que suivre
cette idée. Ta besogne sera plus douce que
la mienne, mais il faudra que tu la fasses. Je
suis pauvre, tu le sais ; mais je serais riche
que je ne te donnerais pas les moyens de vivre
sans rien faire, parce que ce serait te donner
des vices et de la honte. Ah ! si je savais que
ton instruction t'eût fait prendre le goût de la
paresse, je regretterais de n'avoir pas fait de toi
un ouvrier comme moi. Mais je suis certain
que tu as du cœur ; tu n'as pas encore pris
ton élan : voilà tout ! Les commencements
seront durs ; M. Bargemont l'a bien dit. L'É-
tat est encombré ; il y a trop de bacheliers, ce

qui est tout de même un bien. D'ailleurs, je
suis là; je t'aiderai, je travaillerai pour toi;
mes bras sont bons encore. Tu auras de l'argent de poche, car il en faut dans le monde
où tu vas. Nous nous gênerons. Mais aide-toi,
sois brave à l'ouvrage, cogne fort et pousse
droit. On n'en est pas moins gai pour cela. Ta
besogne faite, ris, chante, amuse-toi, mon
garçon; ce n'est pas moi qui y trouverai à
redire. Et, quand tu auras une belle position,
si je suis encore de ce monde, ne crains rien :
Je ne te gênerai pas. Je ne fais pas de bruit,
moi. Je me cacherai dans un petit trou avec
ta tante, et personne n'entendra parler du
bonhomme. »

La tante qui s'était glissée dans la boutique
depuis un moment éclata en sanglots; elle
voulait bien, comme son frère, se cacher dans
un coin; mais quand son neveu serait dans les
grandeurs, elle irait tous les jours mettre de
l'ordre chez lui. Elle ne voulait pas laisser
« le petit » en proie aux femmes de ménage,
qu'on devrait plutôt nommer les femmes de
déménagement.

— « Ces créatures, disait-elle, ont de grands cabas dans lesquels s'engouffrent bou‑ teilles, poulets froids et autres bons morceaux, linge fin, vieille toile, huile, sucre et bougie, bref, tout le bien des riches. Non, je ne souf‑ frirai pas que mon petit Jean soit sucé tout vif par de pareils vampires. C'est moi qui tiendrai son ménage. On ne saura pas que je suis sa tante. Et quand on le saurait, personne, j'aime à le croire, n'y trouverait à redire. Je ne vois pas pourquoi on aurait honte de moi. On pourrait mettre toute ma vie au grand jour sans que j'aie à rougir. Et il y a bien des duchesses qui ne pourraient pas en dire au‑ tant. Quant à abandonner l'enfant de peur de lui faire du tort, c'est une idée qui ne m'étonne pas de toi, Servien, parce que tu as toujours été un peu simple. Moi, je resterai toute ma vie avec Jean. N'est-ce pas, mon petit, que tu ne renverras jamais ta vieille tante? Et qu'est‑ ce qui saurait faire ton lit comme moi, mon loup ? »

Jean promit sincèrement, oh ! bien sincè‑

rement, à son père une vie laborieuse. Puis
il s'enferma dans sa chambre et il se représenta d'avance une suite de jours austères
et réguliers.

Il arrangea sa vie pour le travail. Le matin
il copiait sur un coin de l'établi des modèles
d'écriture. Après le dejeûner, il faisait de
l'arithmétique dans sa chambre. Le soir, il
traversait le jardin du Luxembourg pour aller
rue Soufflot chez un vieux répétiteur qui lui
faisait des dictées et lui posait des règles d'intérêt simple. Quand il avait atteint la grille
qui touche à la fontaine Médicis, il tournait
la tête pour voir les statues de femmes qui lui
apparaissaient sur la terrasse comme de blancs
fantômes, sous les arbres. Il avait laissé, dans
le chemin de la vie, une autre ombre char·
mante.

Il ne lisait jamais une affiche de théâtre,
et il oubliait ses poëtes préferés, de peur de
souffrir.

XII

Cette vie en coulant lui parut douce dans sa monotonie et il y trouvait un goût salubre. Un soir, comme il descendait l'escalier du vieux répétiteur, un gros homme lui présenta avec un geste arrondi la carte d'un traiteur du voisinage, dont il tenait un millier sous son bras gauche, puis s'arrêtant tout à coup, s'écria :

— « Per Bacco ! je reconnais mon élève. Droit et souple comme un jeune arbre, voici Monsieur Jean Servien ! »

C'était le marquis Tudesco qui parlait ainsi. Il n'avait plus son gilet rouge ; il portait à la place une sorte de camisole en toile à matelas, mais sur son lumineux visage aux petits yeux ronds et au nez aquilin il gardait une gaieté malicieuse de vieux perroquet.

Jean, surpris et content après tout de le revoir, lui demanda affectueusement ce qu'il devenait.

—«Hé ? vous le voyez, répondit le marquis ; je distribue aux passants la carte d'un empoisonneur du quartier, et par là je mérite de ne point manquer de la vénéneuse cuisine à la gloire de laquelle je travaille. Camoëns tendit la main dans les rues de Lisbonne ; Tudesco tend les siennes sur le pavé de la moderne Babylone, mais c'est pour donner et non pour recevoir : déjeûner à 1 fr. 25 ; dîners à 1 fr. 75. »

Et il tendait un de ses papiers à un homme qui passa, les mains dans les poches, sans le prendre.

Alors le marquis Tudesco s'écria en soupirant :

— « Et pourtant j'ai traduit la *Jérusalem liberata,* le chef-d'œuvre de l'immortel Tor-

quato Tasso ! Mais les grossiers libraires
méprisent ce fruit de mes veilles, et du haut
des cieux la Muse se voile la face pour n'être
pas témoin de l'injure faite à son nourrisson.

— « Et qu'êtes-vous devenu depuis tout le
temps qu'on ne vous a vu ? demanda le jeune
homme avec candeur.

— « Dieu seul le sait, et encore, je crois
qu'il l'a oublié. »

Telle fut la réponse du marquis Tudesco.

Il noua son millier de prospectus dans une
toilette et, prenant la bras de son élève, le
poussa vers la rue Saint-Jacques.

— « Jeune ami, dit-il, voyez que le dôme
du Panthéon est à moitié caché par le brouil-
lard. L'école de Salerne enseigne que l'hu-
midité du soir est funeste à l'estomac. Il y a
près d'ici un honnête établissement où nous
pourrons causer comme deux philosophes, et
je devine que votre secret désir est d'y con-
duire le vieux maître qui vous a initié aux
mystères du rudiment latin. »

Ils entrèrent dans une boutique parfumée

5.

d'une odeur de kirch et d'absinthe qui prit
Servien au cœur. La salle était étroite et
longue, et, contre les murs, des tonneaux vernis à robinets de cuivre formaient une double
rangée dont la perspective se perdait dans un
lointain, rendu plus profond par la fumée de
tabac qui traînait dans l'air sous les becs de
gaz. Assis devant les petites tables de bois
peint, des buveurs vêtus de noir avec de longs
chapeau de soie cassés et lustrés par la pluie,
fumaient silencieusement. A la gueule du poële,
quelques jambes maigres s'allongeaient et un
filet de vapeur montait de la pointe des bottes.
Une impression de torpeur pesait sur toutes
ces figures blêmes.

Tandis que M. Tudesco distribuait des poignées de main à de vieilles connaissances,
Jean, saisi d'une grande tristesse, entendait
des lambeaux de conversation. C'était des
plaintes de pions sur la cuisine des marchands
de soupe, des grognements paisibles d'ivrognes
enchantés de leur propre sagesse, des projets
de fortune, des discussions politiques, des

propos salés sur l'amour et les femmes, et aussi cette phrase :

« L'harmonie des sphères emplit les espaces infinis, et, si nous ne l'entendons pas, c'est, comme dit Platon, parceque nous avons les oreilles bouchées avec de la terre. »

M. Tudesco mangea des cerises à l'eau-de-vie avec une grande élégance. Puis le garçon servit du dantzig dans deux petites coupes de verre. Jean admira cette liqueur blanche, semée de paillettes d'or, et M. Tudesco redemanda « deux dantzig ». Puis, soulevant sa coupe :

— « A la santé de M. Servien, votre vénérable père, dit-il. Il est vert et florissant, du moins je le souhaite ; c'est un homme supérieur à sa condition mécanique et mercantile par son caractère bienveillant pour les savants nécessiteux. Et madame votre tante ? Elle tricote encore des bas avec le même zèle. Du moins, je le souhaite. C'est une dame austère. Je devine que vous voulez commander encore un dantzig, mon jeune ami. »

Jean regarda autour de lui : le débit de liqueurs était transfiguré ; les tonneaux lui semblaient énormes, avec leurs robinets qui étincelaient, et il les voyait prolongés indéfiniment dans une atmosphère vibrante et dorée. Mais ce qui grandissait le plus à ses yeux c'était le marquis Tudesco ; le vieillard lui apparaissait véritablement comme un géant légendaire, et il attendait de lui des prodiges.

Tudesco souriait :

— « Vous ne buvez pas, mon jeune ami. Je devine que vous êtes amoureux. Ah ! l'amour, c'est à la fois ce qu'il y a de plus doux et de plus amer au monde. Moi aussi j'ai senti mon cœur palpiter pour une femme. Mais j'ai passé, depuis de longues années, le temps d'aimer. Je suis maintenant un vieil homme opprimé par l'adverse fortune ; mais en un temps plus serein, il y avait à Rome une diva d'une beauté si magnifique et d'un génie si touchant, que des cardinaux s'égorgeaient à la porte de sa loge : hé bien ! cette sublime créature, je l'ai pressée contre ma poitrine, et l'on m'a rapporté depuis qu'à son dernier soupir elle a murmuré mon nom. Je suis comme un vieux temple en ruines, deshonoré par l'injure du temps et des hommes, mais à jamais sanctifié par la déesse.»

Ce récit, soit qu'il rappelât emphatiquement quelque banale aventure de la jeunesse de l'italien, soit plutôt qu'il fut imaginé d'après des lectures romanesques, fut accepté par le jeune Servien comme une vérité frappante. L'effet en fut foudroyant. Il vit aussitôt, avec la netteté de la plus miraculeuse apparition, au milieu des buveurs, la tragédienne qu'il aimait, les cheveux noués à l'antique, ses longs pendants d'or lui tombant de chaque oreille, les bras nus, toute blanche avec des lèvres rouges. Et il s'écria :

— « Moi aussi, j'aime une actrice ! »

Il buvait, sans savoir quoi ; mais il sentait couler dans sa gorge un philtre qui ranimait son amour. Alors les paroles lui montèrent aux lèvres à flots pressés. La représentation de *Cinna,* celle de *Bajazet,* la mâle beauté d'Emilie, la férocité délicieuse de Roxane, la tragédienne rencontrée en manteau de velours avec un visage si clair dans les ombres de la nuit, les rêves, les désirs, l'impossibilité d'oublier, il raconta tout avec des cris et des larmes.

M. Tudesco tendait l'oreille en lapant goutte à goutte un verre de chartreuse et en prenant du tabac dans un cornet de papier. Parfois il approuvait de la tête, et il écoutait avec l'air de quelqu'un qui guette. Quand il jugea qu'après de longs retours et des recommencements sans nombre, les confidences étaient épuisées, il prit un air grave, posa sa belle main de prélat sur l'épaule de Servien et dit :

— « Ah ! mon jeune ami, si je croyais que la chose que vous ressentez fût le véritable amour... mais je ne le crois pas. »

Et il secoua la tête et laissa retomber sa main.

Jean protesta. Tant souffrir n'était-ce pas aimer ?

M. Tudesco reprit.

— « Si je croyais que cette chose fut le véritable amour... mais je ne le crois pas encore. »

Jean répondit avec une grande violence, il parla de mort et de couteau planté dans le cœur.

Monsieur Tudesco répéta pour la troisième fois !

— « Je ne crois pas que ce soit le véritable amour. »

Alors Jean devint furieux et, il se mit à froisser et à arracher son gilet, comme pour montrer son cœur à nu. M. Tudesco lui prit les mains et lui dit doucement :

— « Hé ! bien, mon jeune ami, puisque vous ressentez le véritable amour, je vous aiderai. Je suis un grand tacticien et si le roi Carlo-Alberto avait lu un mémoire militaire que je lui envoyai, il aurait gagné la bataille de Novare. Il ne lut pas mon mémoire et la bataille fut perdue, mais ce fut une défaite glorieuse.Oh ! combien fortunés les fils de l'I-

talie qui moururent pour leur mère dans cette
sainte bataille ! Les hymnes des poëtes et les
larmes des femmes leur firent des funérailles
dignes d'envie. Je dis : quelle belle et héroïque
chose, la jeunese ! quelles divines flammes s'é-
chappent des jeunes poitrines pour remonter
vers le Créateur ! J'admire surtout les jeunes
gens qui se précipitent dans les aventures de
la guerre et du sentiment, avec l'impétuosité
naturelle de leur âge. »

Le Tasse, Novare et la diva tant aimée des
cardinaux se mêlaient dans la tête échauffée de
Jean Servien qui, avec un sentiment sublime
et confus, serra la main du vieux misérable.
Il ne voyait plus rien distinctement ; il croyait
nager dans une atmosphère de métal fondu.

M. Tudesco, qui buvait en ce moment là
un verre de kumel, montra son gilet de toile
à matelas.

— « Le malheur, dit-il, est que je suis vêtu
à la manière d'un philosophe. Comment me
montrer dans un tel costume chez des femmes
élégantes ? C'est dommage ! car il me serait

facile de me présenter chez une actrice d'un grand théâtre. J'ai traduit la *Jérusalem délivrée*, ce chef d'œuvre de Torquato Tasso ; je pourrais proposer à la tragédienne que vous aimez et qui est digne de votre amour, du moins je le souhaite, une adaptation française de la *Myrrha* du fameux Alfieri. Quelle éloquence, quel feu dans cette tragédie ? Le rôle de Myrrha est sublime et terrible : elle voudra le jouer. Pendant ce temps vous traduisez Myrrha en vers français ; puis, je vous introduis avec votre manuscrit dans le sanctuaire de Melpomène ; vous y apportez la gloire et l'amour! Quel rêve, heureux jeune homme!... Mais, hélas ! ce n'est qu'un rêve, car je ne puis pas pénétrer dans un boudoir sous cette enveloppe grossière et sordide. »

Cependant on fermait le débit ; il fallait sortir. Jean se sentit si étourdi au grand air qu'il ne sut pas comment il avait perdu M. Tudesco, après lui avoir vidé son porte-monnaie dans la main.

Il erra toute la nuit, par la pluie. Il courait

dans les flaques d'eau qui lui éclaboussaient
le visage. Les projets les plus fous s'élevaient, s'entrechoquaient et s'écroulaient dans
sa tête retentissante. Parfois il s'arrêtait pour
essuyer la sueur de son front, puis i l reprenait
sa course. La fatigue le calma; il eut alors
une idée nette. Il alla droit à la maison où
demeurait l'actrice et contempla de la rue ses
fenêtres closes et noires, puis, s'approchant de
la porte-cochère, il la baisa.

XIII

A partir de cette nuit, Jean Servien passa
ses journées à traduire *Myrrha* par lambeaux,
avec une peine infinie. Ce travail lui ayant un
peu appris à faire les vers, il composa une
élégie qu'il envoya par la poste à la tragédienne. Et cette poésie, écrite dans les larmes,
était banale et froide comme un devoir d'é-
colier. Il y parlait pourtant de cette belle
image de femme attachée à ses yeux et de la
porte baisée dans une nuit de folie. M. Servien
voyait avec inquiétude son fils, inexact, dis-
trait, hagard, rentrer tard dans la nuit et se
lever à peine à midi. Sous le regard muet du
père, le fils baissait les yeux. Mais sa vie n'é-

tait plus dans la maison, elle était tout entière
là-bas, près de l'inconnue, dans des régions
qu'il imaginait éclatantes de poésie, de richesse
et de volupté.

Il retrouvait parfois, à un coin de rue, le
marquis Tudesco qui ne parvenait pas à rem-
placer son gilet de toile à matelas et qui,
d'ailleurs, conseillait à Jean d'adresser ses
vœux à des demoiselles de magasin.

Quand vint l'été, les affiches de théâtre
annoncèrent coup sur coup *Mithridate*,
Adrienne Lecouvreur, *Rodogune*, *Les Enfants d'Edouard*, *La Fiammina*. Jean, ayant
obtenu le prix de sa place par ruse, par
mensonge, en exploitant sa tante ou en glis-
sant les doigts dans la caisse, assistait d'un
fauteuil d'orchestre aux éclatantes transfigu-
rations de celle qu'il aimait. Il la voyait, tour
à tour ceinte du bandeau blanc des vierges
de la Hellas, semblable à ces figures taillées
si pures dans le marbre des bas-reliefs an-
tiques et qui semblent revêtues d'une inal-
térable innocence ; puis, en robe à ramages,

avec des boucles poudrées sur ses épaules
nues, dont la minceur avait un accent indéfinissable et un goût de verte volupté, compa-
rable alors à quelque amoureux pastel du
temps jadis que le fils du relieur avait vu chez
les marchands du quai Voltaire; puis, coiffée
d'un épervier d'or, ceinte de lames d'or sur
lesquelles des rubis dessinaient des signes
magiques, et revêtue de la magnificence inhumaine d'une reine d'Orient; puis, sous le
chaperon noir, en pointe sur le front, et dans
la sombre robe de velours d'une veuve royale
dont il semblait qu'on eût vu le portrait reli-
gieusement conservé dans un salon du Louvre;
puis enfin (et c'était ainsi qu'il la trouvait le
plus désirable) en amazone moderne, prise du
col au talon dans une étroite robe de drap et
coiffée hardiment d'un mignon chapeau
d'homme.

Pour passer sa vie dans ces mondes poé-
tiques, il lisait Racine, les tragiques grecs,
Corneille, Shakespeare, les vers de Voltaire
sur la mort d'Adrienne Lecouvreur et tout ce

qui, dans la littérature moderne, lui semblait
élégant ou passionné. Et dans toutes ces créa-
tions il ne voyait qu'une image.

Étant allé, un soir, chez le distillateur avec
le marquis Tudesco, qui gardait décidément
son gilet à carreaux, il fit la connaissance d'un
vieillard dont les cheveux blancs se répan-
daient en boucles sur les épaules et qui avait
gardé les yeux bleus d'un enfant. C'était un
architecte tombé en ruines avec les petites
constructions gothiques qu'il avait élevées à
grands frais aux environs de Paris vers 1840.
Il se nommait Théroulde ; ce bonhomme, misérable et souriant, abondait en histoires
d'artistes et de femmes. Il avait bâti en son
beau temps des maisons de campagne pour
des actrices et pendu de joyeuses crémaillères,
dont le souvenir pétillait encore dans sa tête
restée légère. Il n'en était plus à choisir des
auditeurs et, mis en verve par du marasquin,
il déroulait ses souvenirs comme une riche
broderie en loques. Le fils du relieur, voyant
un artiste pour la première fois, écoutait le

vieux bohême en frissonnant d'enthousiasme.
Toutes ces demi-gloires oubliées, toutes ces
vieilles jeunesses dont parlait Théroulde et
que Servien se représentait en bandeaux plats,
une féronnière au front ou bien avec de
grosses boucles à l'anglaise sur les joues,
comme il les avait vues dans les lithographes
moisies qui traînent sur les quais, prenaient
pour lui une vie, un éclat inattendus et des
familiarités piquantes. Possédé par son idée,
il essaya d'amener au temps présent un
homme qui semblait si bien connaître les
femmes de théâtre. Il parla de la tragédie,
mais Théroulde dit que c'était un genre ridicule et récita des parodies. Jean nomma
Gabrielle T***.

— « T***, dit l'architecte romantique, j'ai
beaucoup connu sa mère. »

Jean n'avait de sa vie entendu une phrase
aussi intéressante.

— « Je l'ai connue en 1842, poursuivit Théroulde, à Nantes où elle créa quatorze grands
rôles d'opéra en six semaines. Et l'on croit

que les chanteuses n'ont rien à faire ! C'est
beau le théâtre ! mais le malheur est qu'il n'y
a pas un seul architecte capable de construire
avec intelligence une salle de spectacle. Quant
à l'aménagement de la scène, il est, même à
l'opéra, d'une naïveté à faire rougir un poly-
nésien. J'ai imaginé un système de décors
circulaires dans le but de supprimer ces
bandes de toile qui figurent le ciel sans pro-
duire la moindre illusion. J'ai aussi inventé
un appareil de quinquets et de réflecteurs
situés de manière à éclairer les personnages
de haut en bas, comme le soleil, ce qui est
rationnel, et non plus de bas en haut, comme
la rampe, ce qui est absurde.

— « En effet, dit Servien. Mais vous par-
liez de la mère de Gabrielle T***.

— « C'était une belle femme, reprit l'architecte, grande, brune, avec de petites mous-
taches qui lui allaient très-bien.... Vous con-
cevez l'effet de mon décor circulaire : un ciel
immense répandant une lumière égale sur les
acteurs et donnant aux formes leurs ombres

naturelles. On joue *la Muette*, je suppose; la
cavatine du sommeil résonne sous un ciel
diaphane, arrondi en voûte et donnant l'impression de l'infini. L'effet de la musique est
doublé! Fenella se réveille, elle marche à pas
rhythmés; son ombre, qui l'accompagne sur
le sol, est rhythmique comme elle; c'est la
nature et l'art tout ensemble. Voilà ce que j'ai
inventé! Et quant aux moyens d'exécution,
ils sont d'une simplicité enfantine. »

Alors il entra dans des explications inter-
minables, employant des termes techniques
et s'aidant de tout ce qu'il trouvait sur la
table; verres, soucoupes, allumettes. Ses
manches rapées, allant et venant, essuyaient
le marbre et choquaient les verres. A ce bruit,
le marquis Tudesco qui dormait entr'ouvrait
instinctivement les yeux.

Servien approuvait et disait comprendre
pour en finir. Il conseilla ensuite à l'architecte
d'essayer de mettre cette invention en pratique. Le vieillard haussa les épaules. Il y
avait longtemps qu'il n'essayait plus rien

6

Mais au fond il ne lui importait guères que son système fût appliqué. C'était un inventeur !

Ramené une troisième fois, par le jeune homme à la mère de Gabrielle T⁑ :

— « Elle n'a jamais bien réussi au théâtre, dit-il; mais, comme c'était une femme d'ordre, elle fit des économies. Elle frisait la cinquantaine quand je la retrouvai à Paris vivant avec Adolphe, fort joli garçon de vingt-cinq à vingt-six ans, neveu d'un agent de change. C'était le ménage le plus tendre, le plus gai, le plus mignon du monde. Je n'ai jamais déjeuné une seule fois dans leur petit cinquième de la rue Taitbout sans être attendri jusqu'aux larmes. « Mange, ma chatte. — Bois, mon loup : » et des regards et des caresses et un air de contentement. Il lui dit un jour : « Ma chatte, ton argent ne te rapporte pas assez; donne-moi tes titres et dans quarante-huit heures j'aurai doublé ton capital. » Elle ouvrit tout doucement son armoire à glace et lui remit ses valeurs une à une, avec un petit tremblement dans les doigts.

Il les prit sans émotion et lui apporta le
soir même un reçu où l'on lisait la signature
de son oncle. Trois mois après elle touchait
des revenus magnifiques. Le sixième mois
Adolphe disparut. La vieille T*** court chez
l'oncle avec son chiffon de papier. « Je n'ai
jamais signé cela, dit l'agent de change, et
mon neveu ne m'a jamais remis de titres ».
T*** grimpe comme un folle chez le commissaire de police; elle apprend qu'Adolphe,
exécuté à la Bourse, est parti pour la Bel-
gique, emportant cent vingt mille francs
escroqués à une autre vieille femme. Elle ne
se remit jamais de ce coup; mais il faut lui
rendre justice : elle élévait sévèrement sa fille
et ne plaisantait pas sur le chapitre de la vertu.
Cette pauvre Gabrielle doit encore aujour-
d'hui se sentir la joue chaude rien qu'à penser
à ses années de Conservatoire; car sa mère lui
donnait alors, matin et soir, de belles gifles. Je
la vois encore, Gabrielle, dans sa robe bleue
céleste courant à ses leçons en grignotant des
grains de café. C'était une bonne fille.

— « Vous l'avez connue! s'écria Jean pour
qui cette confidence était la plus grande aventure d'amour qu'il eût jamais eue. »

Le vieillard répondit :

— « Nous avons fait autrefois avec elle,
en compagnie d'artistes, de bonnes promenades à cheval et à âne dans les bois de Ville
d'Avray; elle s'habillait en homme et je me
rappelle qu'un jour..... » Il acheva tout bas
son récit, qui devenait scabreux. Il ajouta
qu'il ne la voyait plus guère depuis qu'elle
était avec M. Didier, du crédit bourguignon.
Ce financier avait chassé les artistes; c'était
un personnage guindé, gourmé, plat et ennuyeux.

Jean ne fut ni surpris ni choqué outre
mesure d'entendre qu'elle avait un amant,
parce qu'ayant observé les mœurs des comédiennes dans les proverbes en vers d'Alfred
de Musset, il se figurait l'existence de toutes
les actrices de Paris comme une fête spiri-
tuelle et galante. Il aimait celle-là. Avec ou
sans Didier il l'aimait. Elle aurait eu, comme

Lesbie, trois cents amants, qu'il l'eut aimée
tout autant. N'est-ce point ainsi que vont les
passions de tous les hommes? On aime parce
qu'on aime et malgré tout. Quant à se sentir
jaloux de M. Didier, il n'y songea même pas.
Il n'était pas fou, cet enfant! Il était jaloux
des hommes et des femmes qui la voyaient
souvent passer dans la rue et des employés du
théâtre qui s'approchaient d'elle les soirs de
représentation. Pour le présent ceux-là seuls
étaient ses rivaux. Quant au reste, félicités et
tortures, il s'en reposait sur l'avenir, sur l'i-
neffable avenir. D'ailleurs la littérature
romantique lui avait inspiré beaucoup d'estime
pour les courtisanes, à condition qu'elles
fussent accoudées mélancoliquement au bal-
con de leur palais de marbre.

Ce qui le choquait dans les récits de l'architecte bohème, ce qui blessait son amour
sans l'affaiblir, c'est tout ce que ces récits
supposaient de vie inélégante dans la jeunesse
de l'actrice. La grossierté lui répugnait plus
que tout au monde.

6.

M. Tudesco, certain qu'on lui payerait ses
cerises à l'eau-de-vie, ne se donnait pas la
peine de parler, et la conversation tombait
quand l'architecte reprit négligeamment :

— « A propos ! En allant à Bellevue,
avant hier pour mes affaires, je l'ai rencontrée,
jeune homme, votre actrice, à la grille de sa
propriété.., une maisonnette de rien, bâtie
pour durer le temps d'une passion, avec un
jardin de six mètres carrés, destiné à donner
à un agent de change une idée approximative
de la nature. Elle m'a invité à entrer, mais à
quoi bon ?... »

Elle était à Bellevue ! Jean oublia tout ce
que le récit du vieillard continuait d'ignomi-
nieux, et retint seulement qu'elle était à Bellevue, et qu'on pouvait l'y voir dans la familiarité de la campagne.

Il se leva. M. Tudesco le retint par un pan
de sa jaquette :

— « Mon jeune ami, j'admire que vous
vous éleviez d'un vol audacieux au-dessus des
empêchements d'une humble condition, vers

la beauté glorieuse et opulente. Vous cueil-
lerez la splendide fleur qui vous attire, du
moins je le souhaite. Mais combien il serait
préférable que vous eussiez de l'amour pour
une simple ouvrière que vous pourriez sé-
duire en lui offrant pour dix centimes de
pommes de terres frites et une place au para-
dis pour voir jouer un mélodrame. Je crains
que vous ne soyez dupe de l'opinion car une
femme n'est pas beaucoup différente d'une
autre femme, et c'est l'opinion, seule, cette
maîtresse du monde, qui donne un grand prix
aux unes et un petit aux autres. Profitez,
mon jeune et très-doux ami, de l'expérience
que m'ont donné les vicissitudes de ma fortune, qui sont telles que je suis obligé, à cette
heure, de vous emprunter la modique somme
de deux livres dix sous. »

Ainsi parla le marquis Tudesco.

XIV

Jean avait monté à pied le coteau de Bellevue. C'était à l'approche du soir. La rue du
village, bordée de ronces et de chardons,
grimpait entre des murs bas. Devant lui, les
bois se perdaient dans un lointain bleui; à ses
pieds s'étendait la ville, avec son fleuve, ses
toits, ses clochers et ses dômes, la ville
énorme et fumeuse, qui avait allumé les désirs
de Servien au gaz des théâtres et nourri ses
fièvres dans la poussière des rues. Au couchant, une bande pourprée unissait le ciel à la
terre. Une paix délicieuse descendait sur la
campagne avec les lueurs tremblantes des

premières étoiles. Mais ce n'était pas la paix que Jean Servien venait chercher.

Encore quelques pas sur la chaussée pierreuse, et voici la grille tapissée de vigne vierge, telle qu'on la lui a décrite.

Il la regarda longuement, avec piété. Il admire, à travers les barreaux, entre les branches sombres d'un arbre de Judée, un pavillon blanc à perron de pierre, orné de deux vases bleus. Rien ne bouge aux fenêtres, rien sur le sable de l'allée ; ni voix, ni souffles, ni bruits de pas. Et pourtant, après une longue contemplation, il s'en va presque heureux, l'ame remplie.

Il attendit sous les vieux noyers de l'avenue l'heure où les fenêtres s'éclairent une à une dans la nuit sombre, puis il revint sur ses pas. Comme il passait devant la gare où quelques personnes sa hâtaient à l'approche du train, il vit dans cette confusion une grande femme en mantille embrasser une jeune fille qui partait. Ce visage clair sous la mantille, et ces longues mains fines, qui semblaient nues par

volupté, comme il les reconnut! comme il vit
cette femme tout entière en un moment ! Ses
genoux fléchirent. Il sentit quelque chose de
doux, comme s'il allait cesser d'être. Non ! il
ne savait pas qu'elle fût si belle, ni qu'elle
eût tant de prix ! Et il avait cru l'oublier ! Il
avait cru pouvoir vivre hors d'elle, comme si
elle n'était pas à elle seule le monde et la vie !

Elle prit la ruelle qui conduisait à sa maison. Elle marchait d'un pas brusque en
laissant traîner sa robe qui s'accrochait aux
ronces et qu'elle dégageait en ramenant la
main en arrière par un mouvement brutal.

Jean, derrière elle se frottait contre les
mêmes ronces, s'y prenait, s'y piquait avec
délices.

Elle s'arrêta devant la grille, et son profil,
grand et pur, apparut à Jean dans la clarté bleue
de la lune. Comme elle fut longtemps à tourner
la clef dans la serrure, Jean put observer son
visage, d'autant plus voluptueux qu'il n'était
empreint d'aucun travail de la pensée. Il gé-
mit de douleur et de colère à l'idée que, dans

une seconde, les barreaux de fer se dresseraient entre elle et lui. Il ne voulut pas que ce fût ainsi.

Il s'élança ; il lui prit la main, la pressa, la baisa.

Elle jeta un grand cri de peur, le cri affreux de l'animal. Jean était à genoux sur la pierre du seuil. Il froissait cette main contre ses dents ; il enfonçait les bagues dans ses lèvres.

Une femme de chambre accourut essoufflée avec une bougie éteinte.

— Qu'est-ce qu'il y a ? dit-elle. »

Jean lâcha la main qu'il avait marquée d'une goutte de sang et il se releva :

Gabrielle, haletante, cette main sur la poitrine, s'appuya contre la grille.

— « Je veux vous parler, à vous ; je le veux, dit Jean.

— « En voila des manières ! s'écria la femme de chambre. Passez votre chemin.» Et elle montra avec son chandelier les deux bouts de la rue.

L'actrice avait encore le visage contracté

par la peur. Sa lèvre, retroussée et vibrante, découvrait les dents qui brillaient. Mais elle comprit qu'elle n'avait rien à craindre.

— « Que me voulez-vous ? » lui dit-elle.

Il avait perdu son audace depuis qu'il ne touchait plus la main. C'est avec une grande douceur qu'il dit :

— « Madame, je vous en supplie, écoutez-moi seule un moment.

— « Rosalie, dit-elle, après une seconde d'hésitation, faites deux pas dans le jardin. Parlez maintenant, monsieur. »

Et elle resta sur le seuil, laissant la grille entr'ouverte comme elle l'était depuis le moment du baiser.

Il parla dans toute la sincérité de son âme :

— « J'ai seulement à vous dire, madame, que vous ne devez pas me repousser, car je vous aime trop pour vivre sans vous. »

Elle parut chercher dans sa mémoire.

— « N'est-ce pas vous, dit-elle, qui m'avez envoyé des vers ? »

Il répondit que c'était lui.

Elle reprit :

— « Vous m'avez suivie, un soir. Ce n'est pas bien cela, monsieur, de suivre les dames.

— « Je n'ai suivi que vous, et c'était bien malgré moi.

— « Vous êtes jeune.

— « Oui, mais il y a déjà longtemps que je vous aime.

— « Cela vous est venu tout d'un coup, n'est-ce pas ?

— « Oui, en vous voyant.

— « C'est ce que je pensais. Vous êtes inflammable, à ce qu'il paraît.

— « Je ne sais, madame. Je vous aime et je suis bien malheureux. Je ne sais plus comment vivre, et je ne veux pas mourir, puisque je ne vous verrais plus. Laissez-moi près de vous quelquefois. On doit y être si bien !

— « Mais, Monsieur, je ne vous connais pas, moi !

— C'est mon malheur, cela. Mais comment

7

puis-je être un étranger pour vous ? Vous-
n'êtes pas, oh, non! vous n'êtes pas une
étrangère pour moi. Je ne connais, je ne sais
que vous au monde. »

Et il lui reprit la main, qu'elle lui laissa
baiser. Puis :

— « C'est très joli, dit-elle, mais ce n'est
pas un état que d'être amoureux. Qu'est-ce
que vous êtes ? Qu'est-ce que vous faites ? »

Il répondit avec assez de franchise :

— « Mon père est commerçant ; il me
cherche un emploi. »

L'actrice comprit que c'était un menu bourgeois, vivant tranquillement de peu, nourri
dans l'épargne, serré, mesquin comme ces
petits fournisseurs qui venaient lui demander
des à-compte en geignant, et qu'elle rencon-
trait le dimanche en habit neuf dans les bois
de Meudon. Elle ne ressentit pas pour lui
l'intérêt qu'il lui eût également inspiré riche
avec des bouquets et des bijoux ou pauvre
et affamé à lui tirer des larmes. Il fallait l'éblouir ou l'attendrir, cette femme !

Puis elle était habituée à des jeunes gens plus dégourdis. Elle se rappela un petit violon du conservatoire qui, un soir qu'elle avait du monde, fit mine de partir avec les autres et se cacha dans le cabinet de toilette ; comme elle se déshabillait, se croyant seule, il sortit de sa cachette avec une bouteille de champagne dans chaque main et riant comme un fou. Le nouveau était moins amusant. Pourtant elle lui demanda son nom.

— « Jean Servien.

— « Hé bien, monsieur Jean Servien, je suis fâchée, très fâchée de vous avoir rendu malheureux, puisque vous dites que vous l'êtes. »

Et, comme elle était au fond de son cœur plus flattée que chagrine du mal qu'elle avait causé, elle répéta plusieurs fois qu'elle était très fâchée.

Elle ajouta :

— « Je n'aime pas à faire de la peine aux gens. Chaque fois qu'un jeune homme est malheureux à cause de moi, j'en suis désolée ; mais, de bonne foi, qu'est-ce que vous voulez que j'y fasse? Allez, et soyez raisonnable. Il est inutile que vous reveniez me voir. D'ailleurs cela serait ridicule. J'ai une vie toute d'intérieur, et il m'est impossible de recevoir des étrangers. »

Il lui dit avec des sanglots.

— « Oh ! je voudrais que vous fussiez pauvre et délaissée. Je viendrais alors et nous serions heureux. »

Elle fut assez surprise qu'il ne lui prît pas la taille et qu'il ne pensât pas à l'entraîner dans le jardin, sous le massif où il y avait un banc. Elle fut un peu déçue et comme embarrassée de n'avoir pas à se défendre. Trouvant que la suite de l'entretien ne répondait pas au début et que ce jeune homme devenait ennuyeux, elle lui poussa la grille au nez et se coula dans le jardin.

Il la vit disparaître dans l'ombre.

Elle emportait à sa main, sur le doigt, à côté d'un saphir, une goutte de sang. Dans sa chambre, en versant de l'eau sur ses mains pour laver ce sang, elle songea que tout ce

qu'il y en avait dans les veines de ce jeune
homme coulerait pour elle, quand elle le vou-
drait. Et cette idée la fit sourire. Alors, s'il
avait été là, dans cette chambre, près d'elle,
peut-être qu'elle ne l'aurait pas renvoyé.

XV

Jean descendit la ruelle et courut par la campagne dans un état d'exaltation qui lui ôtait le sens des réalités et qui supprimait en lui toute joie, toute douleur et toute intelligence. Il ne lui souvenait plus de ce qu'il avait été avant ce baiser sur la main, et il était un étranger pour lui-même. Il lui restait aux lèvres un goût voluptueux qu'il ressentait en les pressant l'une contre l'autre.

Le lendemain matin, son ivresse étant dissipée, il tomba dans un grand abattement. Il se dit que tout était perdu. Il comprit que la grille tapissée de vigne vierge et de lierre, cette grille ouverte à plus d'un, lui était fermée par cette main capricieuse et facile mieux et plus impitoyablement qu'elle n'eut pu l'être par les verrous et les clés d'une femme chaste. Il devinait que son baiser n'avait pas mis de frisson dans cette chair, et qu'il n'avait pas su mordre sur cette créature.

Il ne savait plus ce qu'il avait dit, mais il savait bien qu'il avait parlé dans la grande sincérité de son âme. Il avait montré son ignorance et sa méprisable candeur. La chose irréparable était faite. Pouvait-on être plus malheureux? Il avait perdu jusqu'à l'avantage d'être inconnu d'elle.

Bien qu'il n'eût point d'orgueil, il rejeta sur le sort les insuffisances de sa nature. Ainsi donc, songeait-il, il était pauvre et n'avait pas le droit d'aimer. Oh ! s'il était riche et formé à toute la science des oisifs et des heureux, comme les magnificences de sa fortune seraient en harmonie avec les magnificences de son amour ! Quel Dieu inepte et féroce avait mûré dans la pauvreté son âme pleine de désirs ? .

Il ouvrit sa fenêtre et il vit l'apprenti de son père, qui, en se rendant à l'atelier, abordait sur le trottoir avec une effronterie toute simple, une brocheuse de sa connaissance. Il donnait des baisers à la fille, sans souci des passants, et sifflait en amateur. La fille malsaine et jolie, admirablement campée dans ses loques sur des bottines bien faites, le retenait en feignant de le repousser. Et vraiment ce garçon robuste et mince dans sa veste de toile bleue avait une grâce faubourienne et le bel air des bals de barrière. En s'en allant, elle retourna plusieurs fois la tête ; mais il examinait les cervelas à la montre d'un charcutier et ne songeait plus à la fille.

Jean, témoin de cette scène, se sentit jaloux de l'apprenti de son père.

XVI

Il lut, ce jour là, sur les affiches, qu'elle
jouait dans le spectacle du soir. Il la guetta à
la sortie du théâtre et la vit qui donnait des
poignées de main avant de monter en fiacre.
Ce qu'il y avait d'acre et de mauvais en elle, et
qu'il n'avait pas remarqué dans la conversation
de la veille, le frappa tout à coup. Alors il
s'aperçut qu'il la haïssait, qu'il l'exécrait de
toute la force de son intelligence, de ses
muscles et de ses nerfs. Il eût voulu la déchirer, la broyer. Il ne pouvait soutenir sans
fureur l'idée qu'elle se mouvait, qu'elle parlait, qu'elle riait, qu'elle vivait enfin. Il lui
semblait bon du moins qu'elle souffrît, que

7.

la vie la blessât et fît saigner sa chair. Il fut
content à la pensée qu'elle mourrait un jour
et que rien alors ne resterait plus d'elle, rien
de ses formes, rien de sa chaleur, et qu'on ne
verrait plus les jeux magnifiques de la lumière
dans sa chevelure, sur ses yeux et sur sa chair
tantôt mate et tantôt nacrée. Mais ce corps,
qui lui donnait tant de colère, était jeune,
tiède et souple pour longtemps encore, et plus
d'un à qui il serait offert, le sentirait frémir et
s'animer. Elle existerait pour d'autres sans
exister pour lui. Cela était-il tolérable ? Oh !
quelles délices de plonger un poignard dans
ce sein tout chaud ! oh ! la volupté de bien
tenir cette femme renversée sous un genou
et de lui dire entre deux coups de couteau ;

— « Suis-je ridicule, maintenant ? »

Telles étaient ses imprécations, quand il
sentit une main peser sur ses épaules. En se
retournant, il vit une singulière figure : un
gros nez en pied de marmite, des épaules
hautes et fortes, des mains énormes et bien
faites, un ensemble malgracieux, puissant et

sympathique. Il chercha un instant d'où venait le monstre, puis il s'écria : Garneret !

Et sa mémoire lui représenta en une seconde
dans la cour et dans les classes du pensionnat
de la rue d'Assas un gros garçon toujours au
piquet pendant les récréations, recevant et
donnant de grands coups de poing, terrible
de sincérité et de courage, laborieux, rude à
ses maitres, sans cesse enguignonné, mais
étonnant, de temps à autre, la classe par des
coups de génie.

Il eut de la joie à retrouver ce camarade
qui lui parut presque vieux avec ses paupières
froissées et ses gros traits. Ils se prirent le
bras et, en se promenant sur le quai désert,
tandis que le léger clapotement de l'eau montait à leurs oreilles dans le silence de la nuit,
ils se dirent l'un à l'autre leur passé bien
court, leurs idées présentes et leurs espé-
rances infinies. Garneret n'avait pas conjuré
son ancien guignon ; il faisait, de l'aube au soir,
des travaux gigantesques pour un géographe
qui le payait comme le dernier de ses commis ;

maie sa large tête était pleine de choses. Il
s'occupait de physiologie et se levait avant le
soleil pour faire des expériences sur le sens
de la lumière chez les invertébrés ; afin d'ap-
prendre à la fois l'anglais et la politique, il
traduisait les discours de M. Disraeli ; il accompagnait tous les dimanches les élèves de
M. Hébert dans leurs excursions géologiques
aux environs de Paris ; le soir il faisait aux
ouvriers des conférences sur la peinture ita-
lienne et l'économie politique et il ne se passait pas une semaine qu'il ne fût terrassé
pendant vingt-quatre ou quarante-huit heures
par une migraine atroce. Il passait aussi de
longues heures chez sa fiancée, jeune fille sans
dot, pas jolie, mais douce et délicate, qu'il
adorait et qu'il comptait bien épouser dès
qu'il aurait cinq cents francs devant lui.

Servien comprenait mal cette nature de bon
ouvrier, pour laquelle le monde est une immense usine où l'on travaille habit bas, les
manches retroussées, la sueur au front et une
chanson aux lèvres. Il concevait encore

moins un amour qui n'était pas né dans les prestiges du théâtre ou parmi les somptuosités de la vie oisive. Mais il sentait à tout cela un grand sens et une véritable force, et, comme il avait besoin de confident, il raconta ses amours à Garneret, avec l'accent d'un amer désespoir et un secret orgueil d'éprouver des douleurs distinguées.

Garneret n'admira pas.

— « Mon bonhomme, dit-il, tu as pris toutes ces idées-là dans des bouquins romantiques. Comment peux-tu aimer cette femme, puisque tu ne la connais pas? »

Comment? Jean Servien ne le savait pas ; mais ses nuits, ses jours, les battements de son cœur, la fixité de sa pensée obsédée, tout lui prouvait que cela était. Il se récria ; il parla d'influences mystérieuses, d'affinités, d'effluves et de divine essence.

Garneret se prit la face dans les mains. Il ne comprenait pas.

— « Mais enfin, dil-il, cette femme n'est pas d'une nature différente de celle des autres femmes ! »

Cette idée si simple surprit beaucoup Jean Servien. Elle le choquait à ce point que, pour ne pas l'admettre, il cherchait dans son esprit des raisons désespérées.

Garneret parla des femmes. C'était un esprit judicieux que Garneret :

Il rendait un compte exact des relations des sexes, mais il ne disait point à Jean pourquoi une figure aperçue entre mille donne plus de joie et de douleur que la vie ne semblait pouvoir en contenir. Il essaya pourtant d'expliquer cela, car il était d'humeur raisonnante.

— « C'est bien simple, dit-il; il y a une douzaine de violons chez un brocanteur. Je passe, moi vulgaire racleur de boyaux, je les accorde, je les essaye et joue sur chacun d'eux à grand renfort de fausses notes *Au clair de la lune* et *J'ai du bon tabac dans ma tabatière;* une musique à faire hurler des chats. Paganini passe après moi; il explore d'un seul coup d'archet les plus secrètes profondeurs de ces boîtes harmonieuses; le premier vio-

l'on est sourd, le deuxième aigre, le troisième
presque muet, le quatrième enroué, cinq
autres n'ont ni force ni justesse, mais le
douzième rend sous l'archet du maître des
sons suaves et puissants. Paganini reconnaît
un Stradivarius ; il l'emporte ; il le garde en
jaloux ; il tire de cet instrument, qui aurait
toujours été pour moi un sabot sonore, des
notes qui font pleurer, qui font aimer et qui
donnent l'extase ; il fait un testament pour
qu'on renferme ce violon avec lui dans le cercueil. Paganini, c'est l'amant ; la machine à
table d'harmonie, c'est la femme. Il faut qu'elle
soit bien construite, cette machine, et sorte de
la boutique d'un savant luthier ; il faut surtout qu'elle tombe aux mains d'un exécutant
habile. Mais, mon pauvre Jean, à supposer
que ta tragédienne soit un divin instrument de musique amoureuse, je ne te crois
pas capable d'en tirer une seule note de
volupté..... Voyons : je ne passe pas mes nuits
à souper avec des femmes de théâtre, mais
nous savons ce que c'est qu'une actrice. C'est

un animal généralement agréable à voir et à
entendre, toujours mal élevé, gaté par la mi-
sère d'abord et par le luxe ensuite. Fort occupée
de plus, ce qui la rend aussi peu romanesque
que possible. Quelque chose comme une concierge devenue princesse et joignant les ran-
cunes de la loge aux caprices du boudoir et
aux fatigues de l'étude.

« Tu n'as pas la prétention d'étonner T***
par des munificences de bon goût. Ton
père te donne cent sous par semaine ; c'est
beaucoup pour un relieur, mais c'est peu
pour une femme dont les robes coûtent de
cinq cents à trois mille francs chaque. Et,
comme tu n'es ni directeur de théâtre pour
signer des engagements, ni auteur dramatique
pour donner des rôles, ni journaliste pour
faire des articles, ni commis de nouveautés
pour profiter d'un caprice dans les hasards
de la livraison à domicile, je ne vois pas du
tout comment tu pourras te faire aimer et je
trouve que ta tragédienne a eu bien raison de
te fermer sa grille au nez. »

— « Hé bien ! s'écria Jean Servien, je t'ai dit que je l'aimais. Ce n'est pas vrai. Je la hais ! Je la hais pour tous les tourments qu'elle m'a donnés, je la hais parce qu'elle est belle et qu'on l'aime. Et je hais toutes les femmes parce que toutes aiment, et que ce n'est pas moi ! »

Garneret se mit à rire.

— « Franchement, dit-il, elles n'ont pas tout à fait tort de ne pas t'aimer. Tu n'as dans tes passions rien d'affectueux, rien de bienfaisant ni d'utile. Depuis que tu aimes mademoiselle T***, as-tu jamais pensé un seul moment à lui épargner une peine ? As-tu rêvé de te sacrifier pour elle ? S'est-il glissé quelque chose d'humain dans ton amour ? Y sent-on la force ou la bonté ? Non. Eh bien ! lorsqu'on est de pauvres diables comme nous et qu'on a tout à conquérir dans la vie, il faut être courageux et bon. Il est une heure et demie, je dois me lever à cinq. Bonne nuit. Calme-toi et viens me voir. »

XVII

Il ne restait plus que trois jours à Jean pour se préparer à l'examen pour l'admission au ministère des finances. Il les passa à la maison, où les figures de son père, de sa tante et de l'apprenti lui semblaient étrangères tant elles étaient sorties de sa pensée. Monsieur Servien, mécontent de son fils, se taisait devant lui par timidité et par délicatesse. La tante le subjuguait par son excès de tendresse radoteuse; elle entrait la nuit dans sa chambre pour voir s'il dormait bien. Tout le jour elle lui contait ses misères et ses haines.

Ayant surpris ses propres lunettes sur le nez de l'apprenti, elle gardait de cette profanation une sorte d'horreur religieuse.

— « Ce garçon est capable de tout, disait-
elle.» Un des divertissements de l'apprenti était
d'exécuter sur le dos de la vieille fille la danse
des Caraïbes anthropophages, qu'il avait vue
dans quelque théâtre. Il se mettait dans les cheveux des plumes arrachées à un plumeau; il tenait entre ses dents un grand couteau sans manche et il s'approchait d'elle, accroupi et sautil-
lant, avec des grimaces féroces qu'il remplaçait
peu à peu par l'expression d'une avidité déçue,
à mesure qu'il constatait combien sa proie était
dure et coriace. Et Jean riait de cette mimique
vulgaire et drôle. La tante n'avait jamais eu de
ce petit drame joué sur ses talons une idée
bien nette; mais s'étant parfois brusquement
retournée, elle avait soupçonné quelque irré-
vérence. Et pourtant, elle supportait cet
enfant parce qu'il était du peuple. Elle ne
haïssait vraiment que les riches. Elle s'indignait que sa bouchère fût allée en robe de
soie à une messe de mariage.

Il y avait au haut de la rue de Rennes, au

bord d'un terrain vague, dans une échoppe,
une marchande de pain d'épice poudreux et
de bâtons de sucre d'orge rances. Cette femme
avait un teint couleur de brique sous une mar-
motte de cotonnade et des yeux d'un bleu
clair et dur. Tout son étal n'avait pas coûté
deux francs et, quand il faisait du vent, la
poussière blanche des maisons en construction
le couvrait comme un badigeon. Les bonnes
et les mères tiraient vivement les petits enfants
qui lorgnaient la marchandise :

— « C'est sale! » disaient-elles.

Mais cette femme n'avait pas l'air d'entendre;
et l'on eût dit qu'elle ne ressentait plus rien.
Elle ne mendiait pas. La Servien lui disait bon-
jour en passant, l'appelait par son nom, parlait
avec elle, devant l'échoppe, quelquefois un
quart d'heure. Elles conversaient toutes deux
des voisins, des accidents arrivés sur la voie
publique, des chevaux maltraités par les cochers, des peines de cette vie et du bon Dieu
« qui n'est pas toujours juste ».

Il arriva à Jean d'assister à un de ces entretiens. Cette saveur des petites existences, ce goût particulier des vies misérables, paresseuses et résignées remuait tout son sang dans ses veines de plébéien. En un moment, entre ces deux vieilles, couleur de pierre, et n'ayant de vie que celle de la rue, tantôt sombre et déserte, tantôt ensoleillée et peuplée, le jeune homme en apprit plus sur l'existence qu'on ne lui en avait enseigné au collège. Sa pensée alla de cette femme à l'autre, si belle et qu'il aimait, et il se fit de la vie une idée mélancolique et large. Il se dit qu'elles mourraient toutes deux, et une affreuse vieille, accroupie devant des gâteaux moisis, lui rendit cette impression de morne sérénité qu'il avait ressentie devant les joyaux funéraires de la reine d'Égypte.

XVIII

Après s'être exercé tout le jour à des petits
problèmes d'arithmétique, il s'en alla le soir
en habit de travail jusqu'à l'avenue de l'ob-
servatoire. Là, entre deux chandelles, devant
un chassis tapissé de romances à vignettes,
un homme chantait d'une voix éraillée en
s'accompagnant d'une guitare. En cercle autour de lui, des ouvriers et des filles écoutaient
la musique. Jean s'y glissa, par cet instinct
qui pousse vers la lumière et le bruit les pro-
meneurs distraits et par cette sorte d'amitié
pour la foule qui est dans les mœurs pari-
siennes. Là, plus isolé, plus seul qu'ailleurs,
il songeait aux magnificences voluptueuses de

quelque belle tragédie d'Euripide ou de Shakespeare. Quelque chose de doux, qu'il ne
sentit pas tout d'abord, le touchait et le pres-
sait. Il se retourna et vit une ouvrière en petit chapeau noir, à rubans bleus. Elle était
jeune et assez jolie. Il songeait aux grâces
terribles et surhumaines d'une Electre ou
d'une Lady Macbeth. Elle continua de se ta-
pir contre son dos, jusqu'à ce qu'il tournât de
nouveau la tête.

— « Monsieur, lui dit-elle alors, voulez-
vous me permettre de passer devant vous ? Je
suis si petite ! je ne vous empêcherai pas de
voir. »

Elle avait une jolie voix. Sa tête toute levée
et tendue sur un cou potelé, montrait des
yeux brillants et des dents saines entre des
lèvres gourmandes. Elle se coula, gaie et vibrante, à la place que Jean lui céda sans rien
dire.

L'homme à la guitare chanta une romance
sur les oiseaux en cage et les fleurs en pots.

— « Moi, dit l'ouvrière à Jean, j'ai des

giroflées et des oiseaux, ce sont des serins. »

Il songeait à quelque blanche figure errant sous les créneaux d'une tour.

L'ouvrière reprit :

— « J'en ai deux, vous comprenez, pour pas qu'ils s'ennuient. Deux, c'est un joli nombre, pas vrai ? »

Il s'en alla avec ses visions sous les vieux arbres de l'avenue. Après deux tours de promenade, il vit la petite ouvrière au bras d'un beau garçon, habillé à la mode, avec une grosse chaîne de montre. Ce garçon lui prenait la taille dans l'ombre ; elle riait.

Alors Jean Servien eut regret de l'avoir dédaignée.

XIX

Jean, appelé à subir l'examen, sans prépa-
ration suffisante, s'embrouilla dans les entor-
tillements d'une dictée obscure et captieuse
et dans des calculs trop longs pour le temps
fixé aux candidats. Il rentra désespéré à la
maison. Son père essaya par bonté de le ras-
surer. Mais appelé, à quinze jours de là, par
une lettre non affranchie, il fut introduit, après
trois heures d'attente, dans le cabinet de
M. Bargemont. Il reconnut sa propre dictée
dans la main du gros homme.

— « J'ai le regret, lui dit le fontionnaire,
de vous annoncer que vous avez totalement
succombé dans les épreuves qui vous étaient

imposées. Vous ignorez la langue de votre pays, monsieur : vous écrivez *Maisons-Laffitte* sans *s* à *maisons*. C'est une faute d'orthographe ! et, qui plus est, vous ne barrez point vos *t*. Comment pouvez-vous ignorer à votre âge qu'un *t* doit être barré ? C'est inexplicable ! »

Et, frappant à grands coups la feuille de papier sur laquelle les fautes étaient marqués à l'encre rouge, il répétait : « C'est inexplicable ! » Sa face s'empourprait et on lui voyait au front une grosse veine. Quelque chose de singulier dans la physionomie de Jean l'arrêta :

— « Jeune homme, reprit-il, d'un ton plus calme, tout ce que je pourrai faire pour vous, je le ferai, soyez-en sûr : mais il ne faut pas me demander l'impossible. Nous ne pouvons pas attacher au service de l'État des jeunes gens qui ignorent l'orthographe jusqu'à écrire *Maisons-Laffitte* sans *s* à *maisons*. C'est en quelque sorte un devoir de patriotisme pour un français de connaître sa langue. Dans un an, le ministre ouvrira une session d'examens ;

je vous inscrirai. Vous avez un an devant
vous ; travaillez, apprenez votre langue. »

Jean toute rouge, enflammé de haine et de
colère, les yeux fixes, la gorge sèche, les dents
serrées, incapable de dire un mot, se retourna
tout d'une pièce et fit claquer la porte avec un
bruit de tonnerre ; des piles de papiers et de
livres s'éboulèrent du coup dans le cabinet
du chef.

Monsieur Bargemont seul et stupéfait
songea toutefois à sauver l'honneur de l'administration. Il rouvrit la porte et cria «Sortez!»
à Jean qui, repris par sa timidité naturelle,
se sauvait comme un voleur dans les corridors.

XX

Dans la cour égayée par une corbeille de rosiers, Jean, une lettre à la main, cherchait à se reconnaître d'après les indications données à voix basse, comme un secret, par le frère portier. Il allait de porte en porte, hésitant, le long du vieux bâtiment désert, quand un petit garçon, remarqua son embarras et dit :

— « Vous voulez voir monsieur le directeur ? Il est dans son cabinet avec maman. Attendez dans le parloir. »

C'était un grande salle blanche, d'aspect assez noble dans sa nudité, malgré de pauvres chaises de crin rangées contre les murs. Sur

la cheminée sans glace une *mater dolorosa*
attirait le regard par sa blancheur éclatante.
De grosses larmes de marbre étaient arrêtées
sur les joues de cette figure, qui exprimait
l'engourdissement béat des douleurs saintes.
Jean Servien lut cette inscription gravée sur
le socle en lettres rouges :

A MONSIEUR L'ABBÉ BORDIER,
EN MÉMOIRE DE
PHILIPPE-GUY DE THIERERCHE,
DÉCÉDÉ A PAU
LE 11 NOVEMBRE 1867, DANS SA DIX-SEPTIÈME
ANNÉE,
LA COMTESSE VALENTINE DE THIERERCHE,
NÉE DE BRUILLE DE SAINT-AMAND.
Laudate pueri dominum.

Alors il oublia ses inquiétudes de solliciteur
et l'effroi instinctif qui l'avait saisi au seuil de
cette maison silencieuse. Il oublia sa crainte
et son espérance.... l'espérance d'être pion !
Il assistait au drame domestique et cruel qui
lui était révêlé par cette inscription. Un enfant

8.

d'une des plus grandes familles de France, un élève de l'abbé Bordier, atteint de phthisie au milieu de ses études inutiles et sortant du collège, non pour jouir de la vie et goûter ces magnifiques plaisirs que méprisent ceux-là seuls qui les ont épuisés, mais pour aller mourir dans une ville du midi entre les bras de sa mère remplie d'une douleur immense, mais pompeuse, à en juger par le symbole de marbre qui la consacre. Il sentait, il voyait cela. Les trois mots latins qui font dire à cette mère « Enfants, louez le Seigneur qui m'a pris mon enfant » l'étonnaient par leur piété inhumaine, et il admirait aussi qu'on gardât jusque dans la mort un tel air d'aristocratie.

Il s'oubliait dans ces rêveries quand un vieux prêtre lui fit signe d'entrer. Le bonhomme prit la lettre de présentation que Jean lui tendit, mit sur son gros nez des bésicles dont les verres étaient ronds, peu s'en faut, comme les deux roues d'un petit charriot d'argent et lut la lettre en l'éloignant de toute la longueur de son bras. Les fenêtres, qui donnaient sur

le jardin étaient ouvertes ; une branche de
vigne vierge venait pendre sur le bureau, au
pied d'un crucifix de vieil ivoire. Une petite
brise faisait palpiter les papiers comme des
ailes blanches. L'abbé Bordier, ayant fini de
lire, tourna vers le jeune homme sa large face
labourée et son front que l'âge avait admirablement poli. Il ôta ses lunettes et se frotta les
yeux. Ses paupières fripées, remontant lentement, découvrirent des prunelles d'un gris
qui faisait songer aux matins d'automne. Renversé dans son fauteuil, il allongeait ses pieds
chaussés de souliers à boucle d'argent et montrait ses bas noirs.

— « Ainsi donc, mon cher enfant, dit-il,
vous voulez, comme me l'apprend mon respec-
table ami M. l'abbé Marguerite, vous consa-
crer à l'enseignement ; et votre intention serait
de préparer votre licence tout en remplissant
les fonctions de maître d'étude. Ce sont des
fonctions modestes ; mais il ne tiendra qu'à
vous, mon cher enfant, de les relever par le
zèle du cœur et la volonté de bien faire. Je

vous confierai l'étude des *Moyens*. M. l'économe vous dira quelles sont nos conditions. »

Jean s'inclina. Il allait sortir. L'abbé Bordier le retint par un geste brusque et lui dit :

— « Vous entendez-vous aux vers?

— « Aux vers latins demanda Jean?

— « Non pas ! aux vers français. Feriez-
vous rimer *trône* et *couronne* ? L'oreille, il
faut l'avouer, n'est pas très-satisfaite de cette
rime, mais l'exemple des grands écrivains
l'autorise. »

A ces mots, le bonhomme saisit un gros
cahier.

— « Écoutez, dit-il, écoutez : C'est Saint
Fabrice qui parle au proconsul Flavius :

> Achève, fais dresser l'appareil souhaité
> De ma mort, ou plutôt de ma félicité.
> Le Roi des Rois, du haut de son céleste trône.
> Déjà me tend la palme et tresse ma couronne.

Préférez-vous qu'il dise :

> Achève, fait dresser l'appareil souhaité
> De ma mort, ou plutôt de ma félicité.
> Je vois le Roi des Rois me tendre la couronne,
> Quel n'en est pas le prix quand c'est Dieu qui la donne!

Ces vers sont plus corrects sans doute que les autres, mais ils ont moins de force, et le poëte ne doit point sacrifier l'idée à la rime.

> Le Roi des Rois, du haut de son céleste trône,
> Déjà me tend la palme et tresse ma couronne.

Cette fois il faisait, en déclamant, les gestes d'offrir et de tresser.

— « C'est mieux, ajouta-t-il, c'est mieux ainsi ! »

Jean, un peu surpris, dit que c'était mieux en effet.

« N'est-ce pas? s'écria le vieux poëte? »

Et il souriait avec la candeur d'un petit enfant.

Alors il confia à Jean que c'était une tâche difficile que de faire des vers. Il fallait observer la césure, amener la rime sans effort, faire régner une harmonie tantôt forte, tantôt douce, parfois imitative, n'employer que des termes ou nobles ou relevés par quelque circonstance.

Il lut un morceau de sa tragédie parce

qu'il avait des doutes sur le nombre de la pé-
riode, un autre parce qu'il y trouvait des au-
daces heureuses, puis un troisième afin de faire
mieux comprendre les précédents, puis les cinq
actes d'un bout à l'autre. Il jouait en lisant,
changeait de voix selon les personnages, se dé-
menait, et, pour retenir sa calotte noire qui
tombait aux endroits pathétiques, se donnait
sur le crâne des coups de poing retentissants.

Cette tragédie sacrée, dont la femme était
absente, devait être jouée par les éleves de
l'institution dans une solennité. L'année
précédente, il avait fait représenter une première tragédie de sa façon, *Le baptême
de Clovis*. Un religieux, M. Schuver, avait
suspendu des guirlandes de roses en papier
pour figurer le champ de bataille de Tolbiac
et la basilique de Reims. Afin de donner un
aspect farouche aux enfants qui représentaient
les compagnons de Clovis, la sœur lingère
avait relevé jusqu'aux genoux leurs pantalons
blancs. Mais l'abbé Bordier souhaitait mieux
encore pour sa nouvelle œuvre.

Jean soutint et agrandit cette ambition. Il fut admirable dans ses projets de décors et de costumes. Il voulait que le farouche Flavius siégeât sur une chaise d'ivoire garnie de pourpre, devant un portique peint sur la toile de fond. Il voulait que les costumes des soldats romains fussent copiés sur ceux de la colonne trajane.

Il ouvrait ainsi des perspectives magnifiques au bonhomme enchanté, ravi, mais inquiet. Car, hélas! M. Schuver ne valait plus rien comme décorateur quand on le sortait de ses roses en papier. Il fallut que Jean visitât le hangard, et ils recherchèrent tous deux le moyen d'ouvrir la scène et d'agencer des coulisses. Jean prit des mesures, leva un plan, fit un devis. Il y mettait une passion singulière, mais qui ne surprenait pas du tout le vieux poète. Ici un portant, là un praticable. L'acteur entrerait par là....

Le bon prêtre l'arrêta.

— « Dites le récitateur, mon cher enfant; *acteur* n'est pas un terme honnête. »

A cela près, ils s'entendirent à merveille.
Le jour baissait ; l'ombre demesurée de
l'abbé Bordier s'agitait sur le sable du hangard ; sa voix brisée jetait des rimes jusqu'au
fond des cours. Et Jean Servien souriait au
fantôme, visible pour lui seul, de Gabrielle,
son inspiratrice.

XXI

La longue étude du soir se terminait dans un calme profond. Les grands abat-jour des lampes ramenaient la lumière sur les chevelures emmêlées des élèves qui travaillaient ou rêvaient le nez sur leur pupitre. On entendait le craquement du papier, le souffle des enfants et le grincement des plumes de fer. Le plus jeune, les joues encore brunies par la mer, songeait, sur son thème inachevé, à la plage normande et aux châteaux de sable qu'il élevait avec ses petits amis à la marée montante pour lutter contre la lame.

Au fond de la salle, dans la haute chaire où le préfet des études l'avait installé solennel-

9

lement sous le grand crucifix noir, Jean Servien, la tête dans les mains, lisait quelque
poëte latin.

Il était pris d'une tristesse infinie, mais il
n'avait pas encore le sentiment que sa nouvelle vie fût réelle, et il s'attendait à ce que
la salle d'études s'évanouit tout à coup avec
les pupitres chargés de dictionnaires et les
jeunes têtes dorées par la lumière des lampes.

Tout à coup une boulette de papier, lancée
du fond de la salle, le frappa à la joue. Il
pâlit et s'écria en tremblant de colère :

— « M. de Grizolles, sortez! »

Il y eut des chuchotements, des petits rires,
puis l'apaisement se fit. Les plumes grincèrent
de nouveau et on se passait les devoirs en
cachette pour les copier.

Il était pion.

Son père en avait décidé ainsi sur le conseil
de M. Marguerite, vicaire de sa paroisse, ami
de l'abbé Bordier. Le relieur, plein de respect
pour le savoir, se faisait une haute idée de
tous ceux qui le donnent. Ce titre de maître

d'études sonnait bien à ses oreilles. Il lui souriait de voir son fils entrer dans une institution aristocratique et religieuse.

— « Monsieur votre fils, lui disait l'abbé
Marguerite, préparera sa licence dans l'inter-
valle de ses fonctions, et le titre de licencié
ès-lettres lui donnera accès dans le haut enseignement. On a vu des maîtres d'études,
devenus grands maîtres de l'université, s'asseoir dans le fauteuil de M. de Fontanes. »

Ces raisons avaient déterminé le relieur et
Jean était pion depuis trois jours.

XXII

Trois mois s'étaient lentement passés. C'é-
tait un vendredi ; une écœurante odeur de
friture tiède emplissait le réfectoire ; un courant d'air froid saisissait les pieds à travers
les chaussures humides ; les murs suintaient
et l'on voyait, derrière le grillage des fenêtres,
une pluie fine tomber du ciel gris. Les élèves,
assis devant les tables de marbre, faisaient
avec leurs fourchettes et leurs timbales un
bruit agaçant, tandis qu'un de leurs camarades,
assis dans la chaire au milieu de la grande
salle, lisait selon la règle, un passage de
l'Histoire ancienne de Rollin.

Jean, au bout d'une table, le nez sur son assiette de faïence mal essuyée, avait froid aux pieds et mal au cœur. Quelque chose comme du bois pourri restait au fond de son verre, et les domestiques faisaient circuler des plats de pruneaux dont le jus leur lavait les pouces. Parfois, dans le tintement de la vaisselle, la voix âpre du lecteur de dix-sept ans lui arrivait aux oreilles. Il entendit le nom de Cléopâtre et quelques lambeaux de phrases : *Elle allait paraître devant Antoine dans un âge où les femmes joignent à la fleur de leur beauté toute la force de l'esprit... sa personne plus puissante que toutes les parures... Elle entra dans le Cydnus... La poupe de son vaisseau était tout éclatante d'or, les voiles de pourpre, les rames d'argent.*

Puis les noms caressants de *Néréides*, de *flûtes*, de *parfums*. Alors le sang lui monta aux joues. La femme qui était pour lui l'unique incarnation de tout l'éternel féminin lui apparut avec une netteté prodigieuse ; un doulou-

reux frisson de volupté hérissa tous les poils
de sa chair, ses ongles entraient dans la
paume de ses mains, et ce qu'il voyait lui
causait des souffrances indicibles, des souffrances délicieuses : c'était Gabrielle en peignoir devant les fleurs et les cristaux d'une
table élégante et petite. Il voyait nettement
et fouillait des yeux tous les plis de la molle
étoffe que soulevait à la gorge le souffle de la
femme. Son visage, son cou, ses mains animées
avaient un éclat extraordinaire et pourtant si
naturel que le désir s'en exhalait comme de
la réalité même. Le magnifique tissu des
lèvres, pleines comme un fruit mur, et le beau
grain de la peau étalaient ces trésors pour
lesquels on risque la mort et le crime. C'était
la tragédienne enfin vue par les deux yeux
qui de tous les yeux du monde avaient su le
mieux la voir. Elle n'était pas seule; un
homme la regardait dans les prunelles en lui
versant à boire. Ils se penchaient l'un vers
l'autre. Jean retenait ses sanglots. Tout à
coup il lui sembla qu'il tombait du haut d'une

tour. Le préfet des études était devant lui et lui disait :

— « Monsieur Servien *voyez voir* à punir l'élève Laboriette qui verse son abondance dans la poche de son voisin. »

XXIII

Le préfet des études, avec sa large face
plate et ses façons sournoises de moine
paysan, agacait Jean Servien à qui il recommandait tous les jours *la fermeté*, *la fermeté*,
et qu'il desservait en toute occasion auprès
du directeur.

Les premiers temps s'étaient passés dans
une monotonie assoupissante. Jean, avec ses
manières discrètes, ses délicatesses d'esprit
et son air d'indifférence bienveillante, plaisait
aux élèves intelligents. Les autres qu'il ne
tracassait pas, le laissaient tranquille, hors
un : Henri de Grizolles, joli et féroce, fier de
son nom qu'il écrivait en grosses lettres sur ses

pantalons clairs, et heureux de nuire, avait, dès le premier jour, déclaré la guerre au pauvre pion. Il versait des bouteilles d'encre dans son pupitre, mettait de la poix sur sa chaise et lançait des pétards au milieu des études.

Le préfet, attiré par le bruit, entrait comme un commissaire de police et recommandait à Jean *la fermeté, la fermeté.*

Jean afficha, au contraire, une facilité ex-cessive. Un jour, on fit sa caricature. Il la surprit, la regarda et la rendit à l'élève en haussant les épaules.

Cette mansuétude ne fut pas comprise et elle affaiblit son autorité. Les souffrances du pion devinrent aigues. Il perdit la patience qui allégeait ses maux. Il ne tolérait plus l'agitation joyeuse des enfants, leurs rires, leurs contentement léger de vivre. Il punissait, avec un sentiment visible de haine, leur étourderie et jusqu'à leur joie. Puis il tombait dans une sorte d'engourdissement. Il avait des absences pendant lesquelles il n'entendait aucun tapage.

9.

Ce devint une mode d'élever des oiseaux, de faire des filets, de jouer de l'arc, et d'imiter le chant du coq dans l'étude de M. Jean Servien. Et les élèves des autres divisions s'échappaient pour voir à travers les vitres cette étude dont on contait tant de merveilles et où des pantins collés au plafond par du papier maché se balançaient au bout d'un fil.

M. de Grizolles avait installé une véritable baliste pour lancer des haricots à la tête du pion.

Jean chassait M. de Grizolles de l'étude. M. le préfet y réintégrait M. de Grizolles que Jean chassait de nouveau. Et c'était chaque fois un nouveau rapport au directeur. L'abbé Bordier, qui ne parvenait jamais à écouter M. le préfet jusqu'au bout, levait les bras au ciel et s'écriait qu'on le ferait mourir. Mais il lui restait dans l'esprit que le surveillant des moyens était une cause de trouble.

XXIV

Les dimanches, tout parfumés d'encens, se consumaient en offices dans une allégresse langoureuse. A Vêpres, pendant que les psalmodies claires des élèves traînaient dans la chapelle, Jean contemplait quelque figure de femme effacée dans l'ombre des tribunes. C'est là que, pendant l'office, les mères, les sœurs des élèves se tenaient, agenouilleés et pourtant hautaines. Au chant de *l'ave maris stella*, le fils du relieur levait les yeux sur ces femmes de vieille race dont les moins belles se sentent d'un grand prix et gardent une fierté naturelle et simple. Les chants, l'encens, les fleurs, les images pieuses, tout ce qui fait qu'on se trouble et qu'on prie amolissait son âme et la livrait tremblante à ces patriciennes. Mais c'est Gabrielle qu'il aimait en elles. Il l'appellait, l'évoquait, et tout ce qui dans la religion donne à l'amour l'attrait de la chose défendue prenait pour lui un intérêt puissant. Athée, il aimait le Dieu de Madeleine et goûtait la religion qui a donné aux amants une volupté de plus, la volupté de se perdre.

XXV

Les élèves se fatiguèrent peu à peu d'un
tumulte que leur imagination ne savait plus
renouveler. M. de Grizolles lui-même renonça
à lancer des haricots. Il eut l'idée de faire du
chocolat dans son pupitre avec une lampe à
esprit de vin et une casserole d'argent. Jean
le laissa faire, respira et rouvrit son Sophocle.
M. le préfet, passant dans la cour, sentit une
odeur de cuisine, fouilla les pupitres et trouva
la casserole qu'il alla tendre, chaude encore,
à M. le Directeur en s'écriant : « Voilà ce
qu'on fait dans l'étude de M. Servien ! »
Monsieur le Directeur se frappa le front, dit
qu'on le ferait mourir, fit rendre à l'élève sa

casserole, manda M. le surveillant et lui adressa de vifs reproches, parce qu'il crut que son devoir l'y obligeait.

Le lendemain qui était jour de congé, Jean alla chez son père pour y passer la journée. Le relieur lui demanda s'il avait bien préparé son examen de professeur.

— « Mon garçon, ajouta-t-il, dépêche-toi de prendre un bon rang, si tu veux que je t'y voie. Un de ces jours, ta tante et moi, nous nous en irons les pieds devant. La vieille a eu un étourdissement la semaine passée dans l'escalier. Moi, je ne souffre pas, mais je sens que je suis usé. J'ai beaucoup travaillé sur cette terre. »

Il regarda ses outils, et s'éloigna tout courbé !

Alors Jean rassembla dans ses deux mains les vieux outils usés et luisants, ciseaux, poinçons, couteaux, plioirs, racloirs, et il les baisa.

Il pleurait. Sa tante vint à lui, cherchant ses besicles. Tout bas, en secret, elle lui

demanda un peu d'argent. Autrefois elle éco-
nomisait les sous pour les glisser dans la main
« de l'enfant » ; maintenant, plus faible que
l'enfant, elle craignait de manquer ; elle avait
des cachettes et demandait des secours aux
prêtres. D'ailleurs sa tête n'était plus solide.
Elle annonçait souvent à son frère qu'elle ne
laisserait point passer la semaine sans aller
voir les Bideau. Et les Bideau, en leur
vivant portiers-tailleurs à Montrouge, étaient
morts tous deux, femme et mari, depuis deux
ans. Jean lui donna un louis qu'elle prit avec
une joie si laide que le pauvre garçon s'enfuit
dehors.

Il se trouva, sans savoir comment, sur le
quai, près du pont d'Iéna. La journée était
claire, mais les murs sombres des bâtiments
comme l'aspect gris de la berge disaient que la
vie est dure. Dans le fleuve une dragueuse,
toute jaune de marnes, vidait l'un après l'autre
ses seaux pleins de gravier fangeux. Au bord
de l'eau, une robuste potence de chêne dé-
chargeait des pierres meulières en virant sur

son axe. Près du pont, contre le parapet, une vieille cuivrée gardait, en tricotant des bas, un étal de vieux gâteaux aux pommes.

Jean Servien songea à son enfance : Sa tante l'avait mené bien des fois sur ce quai. Bien des fois ensemble ils avaient regardé la dragueuse amener à son bord, seau par seau, le fond fangeux du fleuve. Bien des fois sa tante avait échangé des paroles avec la marchande de gâteaux aux pommes, tandis qu'il examinait, sur la table couverte d'une serviette, la carafe qu'emplissait une eau de réglisse et que bouchait un citron. Rien n'était changé, ni la drageuse, ni les radeaux de bois flotté, ni la marchande de gâteaux, ni les lourds étalons élevés aux quatre angles du pont d'Iéna.

Et Jean Servien entendait les arbres du quai, l'eau de la rivière, les pierres du parapet qui lui criaient :

« Nous te reconnaissons : tu es le petit garçon que ta tante, en bonnet de paysanne, nous amenaient autrefois. Mais nous ne rever-

rons plus ta tante, ni son châle d'indienne, ni
son parapluie qu'elle ouvrait au soleil ; car
elle est vieille maintenant et ne promène plus
son neveu grandi. Et l'enfant devenu homme
a été blessé par la vie, tandis qu'il poursui-
vait des ombres. »

XXVI

Un jour, pendant la récréation de midi, il
fut averti qu'un visiteur le demandait au parloir ; il eut un mouvement de joie, car il était
très-jeune et comptait encore sur l'inconnu.
Il trouva dans le parloir M. Tudesco avec son
gilet de toile à matelas et dans la main un
chapeau pointu.

— « Mon jeune ami, lui dit l'italien, j'ai
connu, par l'apprenti de monsieur votre père,
que vous êtes renfermé dans le sanctuaire des
études. Je vous dis : votre fortune est voilée
de nuages, du moins je le crains. La médio-
crité de votre condition n'est pas dorée comme
celle du poëte latin, et vous luttez d'un cœur
vaillant contre la fortune adverse. C'est pour-

quoi je viens vous tendre la main, et je vous
dis : Vous considérerez comme une marque
de mon amitié et de mon estime la demande
que je vous fais d'une pièce de cinq livres qui
m'est nécessaire pour soutenir une existence
consacrée aux études. »

Le parloir s'emplissait de parents et d'é-
lèves. On entendait de gros baisers sonner sur
les joues des mères, puis des exclamations :
« Comme tu as chaud ! » et de longs chuchotements. Les sœurs des élèves, en toilettes
claires, épiaient avec malice les amis de leurs
frères, et les papas tiraient de leurs poches
des tablettes de chocolat.

M. Tudesco, parfaitement à son aise dans
cette belle société, ne semblait pas s'aperce-
voir de l'horrible gêne du maître d'études.
Celui-ci ayant dit : « Venez, nous serons mieux
ailleurs », le gros homme répondit : « Je ne
crois pas ».

Il faisait de profondes révérences aux dames
qui entraient, et donnait des tapes amicales
sur la joue des petits collégiens.

Renversé dans un fauteuil et multipliant de toutes les façons l'effet de son gilet de toile à matelas, il racontait de sa vie ce qui lui en semblait le plus beau :

— « Les destins étaient domptés, disait-il à Servien, ma vie était assurée. Le patron d'un hôtel m'avait confié sa comptabilité et je me livrais chez lui à des calculs de mathématique, non point, comme l'illustre et infortuné Galilée, pour mesurer les astres, mais pour établir avec exactitude les profits et les pertes d'un industriel. Après deux jours de ces fonctions honorables, le commissaire de police fit une descente dans l'hôtel, arrêta le patron et la patronne et emporta mes livres de comptabilité. Non, je n'avais point dompté les destins ! »

Toutes les têtes se tournaient avec de grands yeux vers cet extraordinaire homme. On chuchotait, il y avait des rires étouffés. Jean, se voyant entouré de figures moqueuses et de mines allongées, entraîna Tudesco vers la porte. Mais tandis que, pour prendre congé, le marquis faisait de grandes révérences aux dames, Jean se trouva face à face avec le préfet des études qui lui dit :

— « M. Servien, *voyez voir* à présider la retenue en l'absence de M. Schuver ».

Le marquis serra la main à son ami, le regarda s'éloigner puis, se retournant vers les groupes assemblés dans le parloir, il fit un geste à la fois suppliant et noble pour demander le silence.

— « Mesdames et Messieurs, dit-il, j'ai traduit dans la langue française, que Brunetto Latini disait être la plus délectable de toutes, la *Jérusalem liberata,* le chef d'œuvre glorieux du divin Torquato Tasso. J'ai écrit ce grand ouvrage dans un grenier sans feu, sur du papier à chandelle, sur des cornets de tabac... »

Alors, d'un des coins du parloir, un rire d'enfant partit comme une fusée.

M. Tudesco s'arrêta et sourit, les cheveux épars, l'œil noyé, les bras ouverts comme pour embrasser et bénir ; puis il reprit :

— « Je dis : le rire de l'innocence, c'est la joie du vieillard infortuné. Je vois d'ici des groupes dignes du pinceau du Corrège et je dis : Heureuses les familles réunies en paix dans le sein de la patrie ! Mesdames et Messieurs, excusez-moi, si je vous tends le casque de Bélisaire. Je suis un vieil arbre foudroyé. »

Et il tendait de groupe en groupe son feutre pointu où, dans un silence glacial, tombaient une à une de menues pièces d'argent.

Mais tout à coup le préfet des études saisit le chapeau et poussa le vieil homme dehors.

— « Rendez-moi mon chapeau, criait M. Tudesco au préfet qui s'efforçait de restituer les pièces blanches aux donateurs ; rendez le chapeau du vieil homme, le chapeau de l'homme blanchi dans les études. »

Le préfet, rouge de colère, jeta le feutre dans la cour et cria :

— « Filez où je vous fais arrêter. »

Le marquis Tudesco s'enfuit lestement.

Le soir même, le maître d'études appelé chez le directeur, reçut son congé.

— « Malheureux enfant! malheureux enfant! dit l'abbé Bordier en se frappant le front, vous avez causé un scandale inconcevable, inouï dans cette maison et cela au moment où j'avais tant à faire. »

Et les petits papiers voltigeaient comme de blancs oiseaux sur la table du directeur.

En traversant le parloir Jean revit la *mater dolorosa* et relut les noms de Philippe Guy de Thierarche et de la comtesse Valentine.

— « Je les hais, dit-il, les dents serrés, je les hais tous. »

Pendant ce temps le bon prêtre se sentait pris de pitié. On lui rompait tous les jours la tête avec des rapports contre Jean Servien. Cette fois il avait cédé; il avait sacrifié le jeune surveillant; mais il ne comprenait rien à cette histoire de mendiant. Il se ravisa, il courut à la porte et rappela le maître d'études.

Jean se retourna vers lui.

— « Non ! dit-il, non ! je ne puis plus supporter cette vie ; je suis malheureux, je souffre, je hais !

— « Pauvre enfant ! » soupira le prêtre en laissant tomber ses bras.

Ce soir-là, il ne fit pas un seul vers de sa tragédie.

XXVII

Le bon relieur ne fit aucun reproche à son fils.

Après dîner il alla s'asseoir à la porte de sa boutique et regarda la première étoile allumée dans le ciel.

— « Mon garçon, dit-il, je ne suis pas un savant comme toi ; mais j'ai une idée et il ne faut pas me l'ôter, parce qu'elle me console. C'est que quand j'aurai fini de relier des livres, j'irai dans cette étoile-là. Cette pensée m'est venue de ce que j'ai lu dans le journal que toutes les étoiles étaient des mondes. Comment nommes-tu cette étoile ?

— « Papa, c'est Vénus.

10

— « Dans mon pays, on dit que c'est l'étoile du berger. Elle est belle et je pense que ta mère y est. C'est pour cela que je voudrais y aller. »

Le vieillard passa ses doigts tordus sur son front et murmura :

— « Comme on oublie ceux qui sont partis, mon Dieu ! »

Jean recueillit dans des lectures de poëtes et dans des promenades rêveuses son âme endolorie. Sa tête s'emplit de visions.

Ce fut bientôt un désordre sublime dans lequel flottaient Ophélie et Cassandre, Marguerite, Délie, Phèdre, Manon et Virginie et, au milieu d'elles, des ombres sans nom encore, presque sans forme et pourtant séduisantes ! Tenant des coupes et des poignards et traînant de longs voiles, elles allaient et venaient, s'effaçaient et se coloraient. Et Jean les entendait qui lui disaient : « Si nous existons jamais, nous existerons par toi. Et quel bonheur ce sera pour toi, Jean Servien, de nous avoir

créées. Comme tu nous aimeras ! » Jean Servien leur répondait. « Revenez, revenez, ou
plutôt ne me quittez pas. Mais je ne sais comment vous rendre plus visibles ; vous vous ef-
facez dès que je vous contemple, et je ne puis
vous prendre dans le filet des beaux vers ! »

Il essaya à plusieurs reprises d'écrire des
poëmes, des tragédies, des romans ; mais sa
paresse, sa stérilité, ses scrupules et ses délicatesses l'arrêtaient dès les premières lignes
et il jetait au feu la page à peine noircie. Bientôt découragé, il tourna ses pensées vers la
politique. Les funérailles de Victor Noir, les
émeutes de Belleville, le plébiscite, l'occu-
paient ; il lisait les journaux, se mêlait aux
groupes formés sur les boulevards, suivait la
foule ameutée des blouses blanches, et était
de ceux qui huaient le commissaire de police
pendant les trois sommations. Le désordre
et les criailleries le grisaient ; son cœur battait,
sa poitrine se gonflait, toute son âme s'exal-
tait au milieu de ces stupides bousculades.
Enfin après avoir piétiné côte à côte avec les

badauds, bien avant dans la nuit, les jarrets
rompus, les côtes endolories, la tête vague,
grisé d'emphase et de tapage, il regagnait à
travers les rues désertes le faubourg Saint-
Germain. Et là, il jetait en passant un regard
de haine à quelque hôtel portant un écu à son
fronton et dont deux lions de pierre bleuis par
la lune gardaient la porte close. Puis, conti-
nuant son chemin, il s'imaginait debout, un
fusil à la main, sur une barricade, dans la
fumée de l'émeute, avec des ouvriers et des
jeunes gens des écoles, comme cela se voit
dans les lithographies.

Un jour, au mois de juillet, il vit une
troupe de blouses blanches qui passait sur le
boulevard en criant : « A Berlin ! » Des ga-
mins dépenaillés glapissaient à l'entour. Les
bourgeois surpris faisaient la haie, et ne
disaient rien ; mais un d'eux, gros, grand et
coloré, agita son chapeau et cria :

— « A Berlin ! vive l'Empereur ! »

Jean reconnut M. Bargemont.

XXVIII

La rue du rempart. Des baraques de cam-
pement et des fusils en faisceaux gardés par
un factionnaire. Les gardes nationaux jouent
au bouchon. Un soleil d'automne répand sa
clarté magnifique et douce sur les dômes de
la ville assiégée. Par delà les remparts, la
campagne grise et nue ; au loin les casernes
des forts, au-dessus desquelles montent des
flocons de fumée ; à l'horizon les collines où
les batteries prussiennes qui tirent font traîner
des nuages blancs. Le canon gronde. Il gronde
depuis un mois; on ne l'entend plus. Servien et
Garneret, portant le képi à passepoil rouge et
la vareuse à boutons de cuivre, sont assis sur des

sacs de terre et se penchent sur le même livre.

C'était un Virgile, et Jean lisait tout haut les délicieux vers du *Silène*. Deux jeunes hommes ont surpris le vieillard divin, endormi dans cette ivresse dont il a l'habitude et qui le rend risible en le laissant vénérable ; ils l'ont lié avec des fleurs pour obtenir de lui des chants. Les joues teintes par Eglé, la belle Naiade, du suc rouge des mûres, il chante.

« Il chante comment dans le vide immense furent condensés les germes de la terre, de l'air, des mers et aussi du feu subtil ; comme de ces principes sortirent toutes choses et se consolida le tendre globe du monde ; comme alors le sol commença de s'affermir et d'enfermer Nérée dans la mer et de prendre peu à peu les formes des choses. Et déjà la terre s'étonne que brille le premier soleil, et de plus haut les pluies tombent des nuées allégées ; les forêts d'abord commencent à s'élever et de rares animaux errent par les montagnes innommées. »

Et Jean s'interrompait :

— « Que cela, disait-il, peint bien l'âme sérieuse et tendre de Virgile ! Le poëte a mis une genèse dans une idylle. L'antiquité le surnommait la Vierge. C'est le nom qu'il faut donner à sa Muse, et il faut se la figurer comme une Mnémosyne méditant sur les travaux des hommes et les causes des choses ! »

Pendant ce temps, Garneret plus sérieux et le doigt sur le texte rassemblait ses idées. Les joueurs de bouchon faisaient rouler jusqu'à ses pieds les palets de cuivre ; la cantinière passait et repassait avec son petit tonneau.

— « Vois-tu, Servien, dit-il enfin ; dans ces vers, Virgile, ou plutôt le poëte alexandrin qu'il imitait, a pressenti la grande hypothèse de Laplace et les théories de Charles Lyell. Il montre la matière cosmique, ce néant d'où tout doit sortir, se condensant pour former des mondes, la jeune écorce du globe se consolidant ; puis la formation des îles et des continents ; au milieu des pluies, l'apparition du soleil, jusque-là voilé par des nuages opaques; la vie végétale se manifestant avant la vie animale, parce que celle-ci ne peut se soutenir et durer qu'en absorbant les éléments de la première... »

A ce moment il se fit un mouvement dans la rue du rempart. Les joueurs de bouchon s'arrêtèrent et les deux amis levèrent la tête. C'était un convoi de blessés qui passait. Les grandes tapissières, marquées de la croix rouge de Genève, laissaient voir sous leurs rideaux des faces blêmes, entourées de linges sanglants. Des lignards et des mobiles, le bras en écharpe, suivaient à pied. Les gardes nationaux leur tendaient des poignées de tabac et leur demandaient des nouvelles.

Les blessés secouaient la tête et passaient leur chemin.

— « Est-ce que nous aussi, nous n'allons pas bientôt nous battre ? » s'écria Garneret.

Servien lui répondit :

— « Il faut déposer les traîtres et les incapables qui nous gouvernent, proclamer la commune et marcher tous contre les prussiens. »

XXIX

La haine de l'empire qui l'avait laissé souffrir dans une arrière boutique et dans une
salle d'études, l'amour de la république dont
il attendait tout, avaient échauffé dès le
4 septembre l'enthousiasme guerrier de Jean
Servien. Mais il se fatigua vite des longs
exercices dans le jardin du Luxembourg et
des gardes inutiles au pied des remparts.
L'ivresse sentimentale des boutiquiers pris de
vin et de patriotisme l'écœurait, et ce jeu au
soldat à jeun, dans la boue, lui sembla à la
longue d'un goût détestable.

Garneret était, par bonheur, son compa-
gnon de garde, et Servien subissait l'influence

de cette pensée ordonnée et riche, soumise au
devoir et à la réalité. Cela seul le sauvait d'un
amour sans passé comme sans espoir qui prenait la fixité dangereuse d'une maladie mentale.

Il y avait longtemps qu'il n'avait revu Gabrielle. Les théâtres étaient fermés ; il savait
seulement, d'après les journaux, qu'elle soi-
gnait les blessés dans l'ambulance du théâtre.
Il ne la cherchait plus.

Quand il n'était pas de service, il lisait dans
son lit (car l'hiver était rude et l'on manquait
de bois) ou bien il courait aux nouvelles sur
les boulevards et se mêlait aux groupes. Un
soir, dans les premiers jours de janvier,
comme il passait devant la rue Drouot, il fut
attiré par des bruits de voix, et vit M. Bargemont malmené par des gardes-nationaux de
mauvaise mine.

— « Je suis plus républicain que vous,
s'écriait le gros homme ; j'ai toujours protesté
contre les infamies de l'Empire. Mais quand
vous criez vive Blanqui..... permettez... j'ai
le droit de crier vive Jules Favre, permettez,

j'ai le droit...» Les huées qui s'étaient élevées
lui couvrirent la voix. Des gens en képi
lui montraient le poing et l'appelaient
« Traître, capitulard, badingouin. » Sur sa
large face, défaite par la peur, restaient encore de vieux plis d'insolence bourgeoise.
Une fille qui passait cria : « A l'eau ! » Cent
voix répétèrent « A l'eau ! » A ce moment il
se fit une grande poussée et M. Bargemont se
jeta dans la cour de la mairie. Une escouade
de gardiens de la paix le reçut et se referma
sur lui. Il était sauvé !

La foule amassée s'écoula peu à peu et Jean
entendit le récit de l'affaire passer de bouche
en bouche avec toutes sortes de déformations.
Les derniers venus apprirent qu'on venait
d'arrêter un général allemand qui s'était introduit comme espion dans Paris, pour livrer
la ville avec l'aide des bonapartistes.

Le passage redevenu libre, Jean vit
M. Bargemont sortir de la mairie. Il était
fort rouge et la manche de son pardessus
disloquée.

Jean eut l'idée de le suivre.

Le long des boulevards, il le suivit par amusement, de fort loin et sans s'inquiéter de le perdre, mais quand le fonctionnaire prit une rue transversale, le jeune homme le serra de plus près ; il ne songeait encore à rien ; un instinct le poussait. M. Bargemont tourna à droite ; la rue assez large était déserte et mal éclairée par des quinquets de pétrole qui remplaçaient les becs de gaz. Cette rue, Jean Servien la connaissait mieux que toute autre. Il y était tant de fois venu! La forme des portes, la couleur des boutiques, les lettres des enseignes, tout lui en était familier ; il n'y avait pas jusqu'à la sonnette de nuit du pharmacien qui ne lui fût un souvenir et ne l'émût. Le pas des deux hommes retentissait dans le silence. M. Bargemont se retourna. Il fit quelques pas encore et sonna à une porte. Jean Servien l'avait rejoint. Il était là aussi devant la porte. C'était celle qu'il avait embrassée dans une nuit de désespoir, c'était celle de Gabrielle. La porte s'ouvrit. Jean

fit un pas et M. Bargemont, entrant le premier,
la laissa ouverte pensant que ce garde-natio-
nal était un locataire qui rentrait, Jean se
coula dans l'escalier noir et monta deux
étages. M. Bargemont sonnait au troisième
palier. On ouvrit. Jean entendit la voix de
Gabrielle :

— « Comme tu viens tard, mon cher ; j'ai
envoyé Rosalie se coucher ; je t'attendais, tu
vois. »

Le gros homme tout soufflant répondait :

— « Figure-toi qu'ils ont voulu me jeter à
l'eau, ces coquins ! Mais c'est égal, je t'apporte
quelque chose de rare et de cher : un pot de
beurre !

— « Comme le petit Chaperon-rouge,
reprit la voix de Gabrielle. Entre, tu me con-
teras cela..... Entends-tu ?

— « Le canon ? Ça ne cesse pas.

— « Non, le bruit d'une chute dans l'escalier.

— « Tu crois ?

— « Donne-moi la bougie, je vais voir. »

11

M. Bargemont descendit quelques marches
et vit Jean étendu sans mouvement sur le
palier.

— « Un ivrogne, dit-il ; il y en a tant ! Ce
sont des ivrognes aussi qui voulaient me
noyer. »

Il éclairait de sa bougie la face blême de
Jean. Gabriellé, penchée sur la rampe, regardait :

— « Ce n'est pas un homme ivre, dit-elle,
il est trop pâle. C'est peut-être un malheureux
garçon qui meurt de faim. Quand on en est
réduit au pain du gouvernement età la viande
de cheval..... »

Puis elle regarda plus attentivement sous
ses sourcils froncés et murmura : « C'est singulier, c'est vraiment singulier ! »

— « Est-ce que tu le reconnais ? demanda
le gros homme.

— « Je cherche à me rappeler..... »

Mais déjà elle s'était rappelée le baiser sur
la main, devant la grille de la petite maison.

Elle courut dans son appartement, revint

avec une carafe et un flacon d'éther, s'age-
nouilla devant l'homme évanoui, puis, de son
bras qu'entourait le brassart blanc des infir-
mières, elle souleva la tête de Jean. Il rouvrit
les yeux, la vit, poussa le plus grand soupir
d'amour qui soit jamais sorti d'une poitrine
humaine et sentit ses paupières retomber
doucement. Il ne se rappelait rien ; seulement
elle était penchée sur lui, et elle l'avait caressé
de son souffle. Elle lui mouillait les tempes,
et il se sentait renaître délicieusement.
M. Bargemont, pencha la bougie sur Jean
Servien qui, rouvrant les yeux pour la
seconde fois, vit la joue rouge du gros
homme effleurant l'oreille délicate de la tragédienne. Il poussa un grand cri et s'agita con-
vulsivement.

— « C'est peut-être une crise d'épilepsie »,
dit M. Bargemont en toussant ; car il s'en-
rhumait dans cet escalier.

Elle reprit :

— « On ne peut pas laisser un malade
sans secours. Réveillez Rosalie. »

Comme il remontait en grognant, Jean s'était remis debout.

Il détournait la tête.

Elle lui dit tout bas :

— « Vous m'aimez donc encore ? »

Il la regarda avec une indéfinissable tristesse :

— « Non, je ne vous aime plus. »

Et il descendit l'escalier en trébuchant. M. Bargemont reparut :

— « C'est particulier, dit-il, Rosalie ne me répond pas. »

L'actrice haussa les épaules.

— « Tenez, allez vous-en ; j'ai une horrible migraine. Allez vous-en, Bargemont. »

XXX

Elle était la maitresse de Bargemont !
c'était pour Jean Servien la plus horrible tor-
ture et la plus inattendue. Il avait de la haine
et du mépris pour ce gros homme dont il connaissait la fausse bonhomie, la brutalité, la
sottise et la platitude. Cette face couperosée,
ces yeux hors de la tête, ce front traversé par
une veine d'un bleu noir, cette main lourde,
cette âme louche et vulgaire, était-ce donc
là..... Oh ! quel dégoût, de le penser ! Le dégoût, voilà ce que la nature délicate de Servien ressentait le plus péniblement. Dans sa
moralité peu sure, il aurait pardonné à Gabrielle des vices élégants, des monstruosités
exquises, des crimes romanesques. Mais ce

Bargemont et son pot de beurre !... Ne jamais
posséder la plus désirable des femmes, ne
plus la revoir, il le voulait bien encore, mais
la savoir dans les bras de cette lourde brute,
c'est ce qui lui rendait impossibles la pensée
et la vie.

En songeant ainsi, il avait regagné
instinctivement son quartier. De longs siffle-
ments lui passaient au-dessus de la tête et il
entendait d'effroyables détonnations. Des
gens le croisaient, coiffés de foulards et portant des matelas sur leur dos. Au coin de la
rue de Rennes il heurta du pied un reverbère
couché sur le trottoir près d'un mur éventré.
Devant la boutique du relieur il vit un grand
trou. Il allait ouvrir la porte : un obus l'avait
défoncée, et l'on voyait dans l'ombre l'établi
culbuté,

Il se rappela alors que les allemands bom-
bardaient la rive gauche, et il voulut courir
dans les rues sous les obus.

Une voix qui sortait de dessous terre
l'appela :

— « C'est toi, mon garçon ? viens vite ; tu m'as causé une fameuse inquiétude. Descends, nous sommes installés dans la cave. »

Il suivit son père et trouva des lits dans les caveaux. Le plus grand caveau servait de cuisine et de salon. Là, le relieur montrait sur une carte au concierge et aux locataires la position des armées de secours. La tante Servien, dans l'ombre, les yeux ternes et fixes, suçait lentement du biscuit trempé dans du vin. Elle ne comprenait rien à tout ce qui se passait et gardait de la défiance.

Ce petit monde, ainsi terré depuis la vieille au soir, demanda des nouvelles au fils Servien. Puis le relieur reprit les explications qu'on lui avait demandées comme à un ancien militaire et à un homme sérieux.

— « Il s'agit, disait-il, de tendre la main à l'armée de la Loire, à travers le cercle de fer qui nous étreint. L'amiral La Roncière a enlevé les positions d'Épinay en avant de Longjumeau... »

Puis s'adressant à Jean :

— « Mon garçon, trouve donc Longjumeau sur la carte, je n'ai plus mes yeux de vingt ans, et ces chandelles éclairent très-mal. »

A ce moment, une formidable explosion secoua les pierres de taille et remplit la cave de poussière. Les femmes poussèrent de grands cris ; le portier alla faire sa ronde, tâtant les murs avec ses grosses clés ; une énorme araignée courut sur la voûte.

Puis la conversation reprit tranquillement et deux locataires se mirent à jouer aux cartes sur un tonneau.

Jean, brisé de fatigue, s'endormit à terre d'un affreux sommeil.

— « Est-ce que le petit est rentré ? » demanda la tante Servien en suçant son biscuit.

. . . .

XXXI

Le bonhomme Servien, en veste de travail
s'approcha du lit ; puis s'en éloignant sur la
pointe des pieds :

— « Il dort, monsieur Garneret ; il dort.
Le médecin nous dit qu'il est sauvé. C'est un
bien bon médecin ! D'ailleurs vous le savez,
puisque c'est votre ami et que c'est vous qui
nous l'avez amené. Vous nous avez sauvés,
Monsieur Garneret. »

Et le relieur, détourna la tête pour s'essuyer les yeux, alla vers la fenêtre, souleva le
rideau et regarda la rue toute claire.

— « Le beau temps va le remettre tout à
fait. Mais nous avons passé six semaines

11.

affreuses. Je n'ai jamais désespéré, parce
qu'il n'est pas naturel qu'un père désespère
de la vie de son fils ; pourtant vous savez,
M. Garneret, qu'il a été bien malade.

« Les voisins ont été très-bons pour nous ;
mais on n'avait pas ses aises dans cette mau-
dite cave. Pensez, M. Garneret, qu'il a fallu
lui tenir pendant vingt jours le front dans la
glace.

— « Oui, c'est le traitement de la méningite. »

Le relieur se rapprocha de Garneret. Il se
grattait l'oreille, il se frottait le front, il se
caressait le menton. Il était embarrassé.

— « Mon pauvre Jean, dit-il enfin, il est
amoureux. Il a une passion ; je l'ai compris
par tout ce qu'il disait dans son délire. Je n'ai
pas l'habitude de m'occuper de ce qui ne me
regarde pas ; mais, comme je vois que la
chose est grave, je vous demanderai, dans son
intérêt, de me la dire, si vous la savez. »

Garneret haussa les épaules ;

— « Une actrice, une tragédienne !
bah ! »

Le relieur réfléchit une instant ; puis :

— « Voyez-vous, M. Garneret, bien que j'aie agi pour le mieux à l'égard de mon pauvre garçon, je me fais des reproches. Je me dis que l'instruction que je lui ai donnée l'a détourné du travail et de la vie pratique.....Une tragédienne: dites-vous ? Ces goûts là doivent se prendre dans les collèges. Du temps qu'il allait en classe, je prenais ses cahiers dès qu'il était au lit et je lisais tout ce qui était en français. C'était pour moi une manière de me rendre compte de son travail ; parce que, tout ignorant qu'on est, on voit bien, avec un peu d'instinct, ce qui est fait proprement et ce qui est galopé. Hé bien ! Monsieur Garneret, je fus effrayé de trouver dans ses devoirs tant de pensées exaltées ; il y en avait de très-belles, sans doute ; et j'ai recopié sur un papier celles qui m'ont le plus frappé. Mais je me disais : tous ces discours, toutes ces histoires, prises dans les livres des anciens romains, vont mettre en effervescence la tête de ce garçon, et il ne saura jamais la vérité des choses. J'avais raison, mon bon monsieur Garneret : et c'est le collège, voyez-vous, qui l'a rendu amoureux d'une tragédienne..... »

Jean Servien se souleva sur son lit :

— « C'est toi, Garneret ? Je suis bien content de te voir. »

Puis il tendit l'oreille.

— « Qu'est-ce qu'on entend donc ? »

Garneret lui répondit que c'était le Mont Valérien qui tirait sur les remparts. On était en pleine commune.

— — « Vive la commune ! » s'écria Jean Servien.

Et il posa, en souriant, sa tête sur l'oreiller.

XXXII

Il était guéri et faisait, un livre à la main,
une douce promenade dans le jardin du Luxembourg. Il ressentait cet égoïsme innocent,
cette pitié de soi-même que donne la conva-
lescence. De sa vie antérieure, il ne voulait
rappeler que le souvenir d'un visage char-
mant penché sur le sien et d'une voix plus
belle que la plus belle des musiques, murmurant : « Vous m'aimez donc encore ? » Oh !
certes en ce moment il ne répondrait pas
comme dans l'escalier douloureux : « Je ne
vous aime plus ». Il répondrait des yeux et
des lèvres et en ouvrant les bras : « Je vous
aimerai toujours ! » Pourtant l'odieuse figure

de l'autre repassait par moments dans sa mémoire et le faisait souffrir. Tout à coup ses yeux furent surpris par un spectacle étrange :

A deux pas de lui, dans le jardin, devant l'orangerie, était monsieur Tudesco, ample et fleuri, comme à son ordinaire, mais combien différent par le costume ! Il portait une vareuse de garde national, couverte d'aiguillettes étincelantes ; de sa ceinture rouge sortaient deux crosses de pistolets. Il était coiffé d'un képi à cinq galons d'or. Debout au milieu d'un groupe de femmes et d'enfants, il regardait le ciel avec l'attendrissement dont ses petits yeux verts étaient capables. Toute sa personne exprimait la puissance et la bonté. Il tenait sa main droite étendue sur la tête d'un petit garçon et lui adressait ce discours :

— « Jeune citoyen, orgueil de ta mère, ornement des promenades publiques, espoir de la Commune, je t'adresse les paroles du proscrit et je dis : Jeune citoyen, le 18 mars t'a sauvé de l'esclavage. Tu graveras dans ton cœur cette date immortelle.

« Je dis : Nous avons souffert et combattu pour toi. Fils des désespérés, tu seras un homme libre ! »

Ayant ainsi parlé, il remit l'enfant à sa mère et sourit aux citoyennes qui admiraient son éloquence, sa ceinture rouge, ses galons d'or et sa verte vieillesse.

Bien qu'il fût trois heures de l'après-midi, il n'avait pas bu plus que sa capacité, et il marchait en maître, sur le sable des allées, au milieu du peuple.

Jean alla au-devant de lui. Jean avait quelque tendresse pour ce vieil homme. M. Tudesco lui prit la main avec une bonté paternelle et s'écria :

— « Je suis heureux de voir mon cher disciple, le fils de mon intelligence. Monsieur Servien, contemplez ce spectacle et ne l'oubliez jamais : c'est celui d'un peuple libre. »

En effet, les citoyens et les citoyennes marchaient sur les gazons, cueillaient les

fleurs des parterres et cassaient les branches
des arbres.

Les deux amis voulurent s'asseoir sur un
banc ; mais tous étaient occupés par des fédérés de tout grade, qui y ronflaient en tas.
C'est pourquoi M. Tudesco pensa qu'il valait
mieux aller au café.

Il en trouvèrent un sur la place de l'Odéon,
où M. Tudesco put étaler son éclatant uniforme.

— « Je suis ingénieur, dit-il, devant son
bitter ; je suis ingénieur au service de la Commune, avec le grade de colonel. »

Jean trouvait cela pourtant bien extraordinaire. M. Tudesco eût beau lui conter ses
conférences chez le distillateur avec les chefs
de la Commune, il lui semblait étrange que
le Tudesco qu'il connaissait fut devenu quelque part ingénieur et colonel. Mais c'était un
fait. M. Tudesco, lui, ne s'étonnait pas :

— « La science, disait-il, la science ! Les
études ! quelle puissance ! savoir c'est pouvoir. Pour vaincre les satellites du despo-

tisme, il faut la science. C'est pourquoi je suis ingénieur avec le grade de colonel. »

Et M. Tudesco raconta qu'il était spécialement préposé à la recherche des souterrains que les suppôts de la tyrannie avaient creusés sous la capitale, à travers les deux bras de la Seine, pour transporter des armes. A la tête d'une escouade de terrassiers, il visitait les palais, les hôpitaux, les casernes et les couvents, défonçant les caves, et crevant les tuyaux d'égoûts. La science ! la science ! Il visitait aussi les cryptes des églises, pour y découvrir les vestiges de la lubricité des prêtres. Les études ! les études !

Après le bitter, il y eut l'absinthe, et le colonel Tudesco proposa à Servien un poste avantageux à la délégation des affaires étrangères.

Mais Jean secoua la tête. Il était fatigué et n'avait pas confiance.

— « Je vois ce que c'est, s'écria le colonel, en lui tapant sur l'épaule ; vous êtes jeune et amoureux. Il y a deux génies qui soufflent tour à tour leurs inspirations irrésistibles à l'oreille des humains : L'Amour et l'Ambition. L'Amour parle le premier ; et vous l'écoutez encore, mon jeune ami. »

Jean, qui avait bu de l'absinthe, avoua qu'il aimait plus que jamais et qu'il était jaloux. Il raconta l'aventure de l'escalier et se répandit en invectives contre M. Bargemont. Il ne manqua pas de confondre sa cause avec celle de la Commune en représentant l'amant de Gabrielle comme un bonapartiste et un ennemi du peuple.

Le colonel Tudesco tira un carnet de sa poche, y écrivit le nom et l'adresse de Bargemont et s'écria :

— « Si cet homme n'a pas fui comme un lâche, nous en ferons un otage ! Je suis l'ami du citoyen délégué à la préfecture de police, et je vous dis : Vous serez vengé de l'infâme Bargemont. Avez-vous lu le décret sur les otages ? non ? Lisez-le. C'est un monument inimitable de la sagesse populaire.

« Je m'arrache à regret à votre compagnie,

mon jeune ami. Mais il faut que j'aille découvrir un souterrain que les sœurs de Marie-
Joseph ont creusé par méchanceté depuis la
prison de Saint-Lazare jusqu'à la maison mère,
dans le village d'Argenteuil. C'est un long
souterrain par lequel elles communiquent
avec les traîtres de Versailles. Venez me voir
en mon domicile, à l'État-Major, place Ven-
dôme. Salut et fraternité. »

Jean paya les consommations du colonel et
prit le chemin de sa maison. Les murs étaient
tout revêtus d'affiches. Il en lut une à demi-
couverte par des bulletins de victoires :

« Article IV. *Tous accusés retenus par le*
verdict du jury d'accusation seront les
otages du peuple de Paris.

Article V. *Toute exécution d'un prison-*
nier de guerre ou d'un partisan du gouver-
nement régulier de la Commune de Paris
sera sur le champ suivie de l'exécution d'un
nombre triple des otages retenus en vertu de
l'article IV, et qui seront désignés par le
sort.

Il fronça le sourcil et songea :

Est-ce que j'aurais dénoncé un otage ?
Puis il se rassura ; le colonel Tudesco n'était
qu'un fantoche et ne pouvait arrêter les gens
pour de bon. D'ailleurs comment croire que
Bargemont, chef de service dans un ministère, fût encore à Paris ? Et, après tout, s'il
lui arrivait malheur, tant pis pour lui !

XXXIII

Le surlendemain, un fiacre, dont chaque
portière laissait passer un canon de fusil, s'arrêta devant la boutique du relieur. Les deux
gardes nationaux, qui en sortirent en trébuchant, demandèrent le citoyen Jean Servien,
lui remirent un pli cacheté et lui firent signe
d'ouvrir la porte toute grande et de les at-
tendre. Ils reparurent bientôt avec un portrait en pied.

C'était celui d'une femme de quarante ans
environ, avec un visage jaune, très-long et
beaucoup trop grand pour surmonter le corps
infirme et malingre que revêtait une robe
noire de façon modeste. Elle avait l'air triste

et soumis. Ses yeux gris exprimaient l'humi-
lité et l'effarement, ses joues pendaient et son
menton lui descendait jusqu'à la gorge. Cette
figure faisait peine à voir : Jean l'examinait
sans y pouvoir rattacher aucun souvenir. Il
ouvrit la lettre et lut :

« Commune de Paris. État major général.
« Ordre de remettre au citoyen Jean Servien
« le portrait de Madame Bargemont.

« Le colonel, commandant les souterrains
de la Commune

« Tudesco. »

Jean voulut demander aux gardes nationaux ce que cela signifiait, mais déjà le fiacre
s'éloignait avec ses deux portières armées de
bayonnettes. Et les passants, que rien n'é-
tonnait plus, le suivaient de l'œil un moment.

Jean, resté seul en face du portrait de madame Bargemont, se demandait pourquoi
l'inquiétant Tudesco le lui avait envoyé.

— « Le malheureux, se disait-il, aura
arrêté Bargemont et pillé son appartement. »

Madame Bargemont le regardait avec ses vilains yeux de victime. Elle avait l'air si malheureux que Jean fut pris de pitié.

— « La pauvre femme ! dit-il ».

Il retourna la toile contre le mur, et sortit.

Le relieur revenu à son établi eut, bien que nullement curieux, l'idée de regarder ce grand tableau qui encombrait la boutique. Il imagina, en se grattant la tête, que ce pouvait bien être la tragédienne aimée de son fils. Il songea qu'il fallait qu'elle fût bien éprise du jeune homme pour lui envoyer un portrait si grand et si richement encadré. Il ne lui trouvait rien de séduisant.

— « Enfin, se dit-il, elle n'a pas l'air d'une mauvaise femme. »

XXXIV

Jean enjamba quelques gardes-nationaux
vre s et se trouva dans la salle où se tenait le
colonel Tudesco. Le colonel, étendu sur un
canapé de satin, ronflait à côté d'un poulet
froid. Il avait des éperons. Jean le secoua vivement et lui demanda d'où venait ce portrait,
que lui, Jean, n'avait pas le moins du monde
l'intention de garder. Le colonel se réveilla,
mais sa langue était épaisse et sa mémoire
confuse. Les souterrains le préoccupaient. Il
les commandait tous et n'en trouvait aucun.
Il y avait là quelque chose qui offensait la
rectitude de son esprit. La supérieure des
sœurs de Marie-Joseph avait refusé de lui
livrer le fameux souterrain de Saint-Lazare.

— « Elle a refusé par perversité et peut-être aussi parce qu'il n'existe pas, disait le vieil italien. Et en vérité, je dis : Si je n'étais pas commandant des souterrains de la capitale, je croirais qu'il n'y en a pas. »

Les idées lui revenaient peu à peu :

— « Jeune homme, vous avez vu le repos du soldat. Que venez-vous demander au vieux défenseur de la liberté ?...

— « Bargemont ?... Ce portrait ?...

— « Je sais, je sais. Je me suis rendu chez lui, avec douze hommes, pour l'arrêter, mais il était en fuite, le lâche ! Et j'ai opéré une perquisition dans son appartement. J'ai vu dans le salon le portrait de madame Bargemont et j'ai dit : « Cette dame est aussi triste que M. Jean Servien. Il sont tous deux victimes de l'infâme Bargemont ; je les réunirai et il se consoleront. Monsieur Servien, goûtez-moi ce cognac ; il vient de la cave de votre odieux rival. »

Il versa l'eau-de-vie dans deux grands verres et dit en riant :

12

— « Le cognac d'un ennemi sent bon. »

Puis ll retomba sur le canapé en murmurant :

— « Le repos du soldat »…..

Il était cramoisi. Jean haussa les épaules et
sortit. Il avait à peine ouvert la porte que le
vieillard poussa des hurlements dans son
sommeil : « Au secours ! au secours ! on me
tue. »

Jean Servien vit aussitôt les fédérés de
garde se jeter sur lui ; il sentit des canons de
révolver sur ses tempes et entendit les fusils
qui partaient seuls dans l'antichambre.

Le colonel, en proie au délire alcoolique,
se tordait dans des convulsions horribles et
hurlait : « Il m'a tué ! Il m'a tué ! »

— « Il a tué le colonel, criaient les fédérés.
Il l'a empoisonné. Conduisez-le devant la
cour martiale.

— « Fusillez-le de suite. C'est un assassin
envoyé par les Versaillais.

— « Au dépôt ! »

Servien niait et se débattait ; il répétait :

— « Vous voyez bien qu'il dort et qu'il est ivre.

— « Il insulte les citoyens !

— « A l'eau !

— « A la lanterne !

— « Fusillez-le ! »

Poussé dans les escalier à coup de crosse dans les reins, il fut conduit à un officier des fédérés qui signa immédiatement un ordre d'arrestation.

XXXV

Il était au secret dans une cellule du dépôt,
depuis seize jours, ou quinze (il ne savait plus).
Les heures passaient sur lui horriblement
égales et lentes.

Il avait d'abord demandé justice et crié son
innocence. Mais il avait compris à la longue
que la justice n'avait rien à voir dans son affaire ni dans celle des prêtres et des gen-
darmes enfermés dans les mêmes murs. Il ne
cherchait plus à raisonner avec la folie fu-
rieuse de la commune; il croyait plus sage
de se taire et meilleur d'être oublié, et il craignait bien que tout cela ne finit tragiquement.
Une angoisse l'étouffait.

Parfois, dans ses rêveries, il voyait un arbre sur un peu de ciel, et de grosses larmes lui venaient aux yeux.

C'est là, dans cette cellule, qu'il connût les pâles délices du souvenir.

Il songeait à son bonhomme de père assis devant l'établi, ou serrant la vis de la presse ; il songeait à la boutique pleine de livres et de cartons, à sa petite chambre où il lisait des voyages, le soir ; enfin à toutes les choses familières. Et à chaque fois qu'il repassait dans son esprit l'humble et grêle roman de sa vie, il s'indignait d'en voir tous les épisodes dominés et presque remplis par cet ivrogne, ce mendiant de Tudesco ! Cela était vrai, pourtant ! et qu'il regardât ses études, ses amours, ses périls, il voyait sur tout cela la face enluminée du vieux mauvais homme. Quelle honte ! Il avait vécu bien mal ! mais aussi, il avait vécu bien peu, le pauvre enfant ! et, dans sa justice, il se sentait pour lui-même plus de pitié que de colère.

Il songeait tous les jours, il songeait

12.

toutes les heures à Gabrielle ; mais comme il sentait pour elle un amour nouveau ! C'était une pensée tranquille et tendre, un sentiment désintéressé, un rêve plein de douceur.

C'était un songe merveilleusement délicat, comme la solitude et le malheur en forment seuls dans les âmes qu'elles arrachent aux rudesses de la vie commune : L'idée d'une belle vie pleine d'ombre, vouée tout entière, sans salaire ni retour, à la femme aimée de loin, comme la vie du bon curé de campagne est vouée au Dieu qui ne descend point du Tabernacle.

Son gardien était un bon sous officier étonné et choqué de ce qui se passait et qui, dans l'effondrement général se cramponnait à la discipline. Il avait pour ses prisonniers une pitié rude et gauche qui se taisait dans le service et que Jean ne devina pas. Jean n'entendait rien aux militaires. Celui-ci cependant devenait moins roide et plus expansif à mesure que l'armée de la loi se rapprochait.

Ce jour-là, il avait dit au prisonnier, en clignant de l'œil :

— « Bon courage ! il y aura bientôt du nouveau. »

Dans l'après midi, Jean entendit un bruit lointain de fusillade ; puis tout à coup, la porte de sa cellule s'ouvrit et il vit une avalanche de prisonniers rouler d'un bout à l'autre du corridor. Le gardien avait ouvert toutes les cellules et crié : « Sauve qui peut ! » Jean fut lui-même emporté à travers les escaliers jusqu'à la cour du dépôt et précipité la tête la première contre un mur. Quand il se releva de sa chute étourdissante les prisonniers avaient disparu. Il était seul devant le guichet ouvert. Il sortit. La fusillade crépitait. La Seine coulait sous les lourdes fumées de Paris incendié. Des pantalons rouges paraissaient sur le quai de l'École. Le Pont-au-Change était couvert de fédérés. Ne sachant où fuir, il allait rentrer dans la prison ; mais des Vengeurs de Lutèce, qui fuyaient lestement, le poussèrent la bayonnette dans les reins vers le Pont-au-Change.

Une femme, une cantinière leur criait: « Ne le lâchez-pas, faites lui son affaire. C'est un Versaillais ». La petite troupe s'arrêta sur le Quai-aux-fleurs, et Jean fut poussé contre le mur de l'Hôtel-Dieu. La cantinière s'agitait devant lui. Échevelée sous son képi galonné, ample de poitrine, cambrée des reins, dressée fièrement sur ses jambes fines et fortes, elle avait la puissance d'une magnifique bête féroce. De sa petite bouche toute ronde sortaient des menaces obscènes ; elle agitait un révolver. Les Vengeurs de Lutèce, harassés et stupides, regardaient leur prisonnier, pâle contre le mur, et se regardaient entre eux. Elle les menaçait, interpellait chacun par quelque surnom ignoble, et, passant devant eux avec un balancement de sa croupe puissante, les enveloppait et les pénétrait de son influence.

Ils se formèrent en peloton.

— « Feu ! » cria-t-elle.

Jean étendit les bras en avant.

Deux ou trois coups de feu partirent. Il

entendit les balles s'écraser contre le mur. Il n'était pas touché.

— « Feu! feu! » répéta la femme avec une obstination d'enfant colère.

Elle avait traversé la bataille, cette fille! elle avait bu à même les tonneaux défoncés et dormi sur le dos, pêle-mêle avec les hommes, au milieu de la place publique rougie par l'incendie. On ne faisait que tuer autour d'elle, et on n'avait encore tué personne pour elle. Elle voulait qu'on lui fusillât quelqu'un, à la fin! Et elle criait en trépignant:

— « Feu, feu! feu! »

Les fusils s'armaient de nouveau et les canons s'abaissaient; mais les Vengeurs de Lutèce manquaient d'entrain; leur chef avait disparu, ils étaient dispersés, ils fuyaient, dégrisés, hébétés, ils comprenaient que la fête était finie. Ils voulaient bien, tout de même, fusiller ce bourgeois-là, avant d'aller se cacher chacun dans son trou.

Jean essaya de dire: « Ne me faites pas souffrir! » mais la voix s'arrêta dans sa gorge.

Un des Vengeurs regarda du côté du Pont-au-Change et vit les fédérés qui lachaient pied.

Il dit, en se mettant l'arme à l'épaule :

— « F.....s le camp, nom de Dieu !

Ils hésitaient. Quelques-uns s'en allaient. Alors la cantinière hurla :

— « Sacrés c..... s ! c'est donc moi qui lui ferai son affaire. »

Elle se jeta sur Jean Servien, lui cracha au visage ; se livra du geste et de la voix à des farces d'une obscénité frénétique et lui mit le canon du révolver sur la tempe. Alors il sentit que tout était fini et il attendit.

Pendant une seconde il revit mille choses ; il revit les allées plantées de vieux arbres où sa tante le menait promener jadis ; il se revit lui-même petit enfant heureux et étonné ; il se rappela les châteaux qu'il construisait avec des écorces de platane..... Le révolver partit. Jean battit l'air de ses bras et tomba la face en avant. Les hommes l'achevèrent à coups de bayonnette, puis la femme dansa sur le cadavre en poussant des cris de joie.

La bataille se rapprochait. Une fusillade nourrie balaya le quai. La femme partit la dernière. Le corps de Jean Servien resta étendu sur la voie déserte. Son visage avait pris une expression de tranquillité étrange; il y avait à la tempe un petit trou à peine visible; du sang et de la boue souillaient ces beaux cheveux qu'une mère avait baisés avec tant d'amour.

FIN.

2276. ABBEVILLE. — TYP. ET STÉR. GUSTAVE RETAUX.

BIBLIOTHÈQUE CONTEMPORAINE

Volumes in-18 jésus, imprimés sur beau papier vélin.
Chaque volume : 3 fr.

Fidelio Arthus	*Inès Angelos*	1 vol.
Charles Asselineau	*L'Italie et Constantinople.* . .	1 vol.
Jocelyn Bargoin.	*Soirs d'hiver*, portrait gravé à l'eau-forte, par Martinez. .	1 vol.
Arthur de Boissieu.	*Figures contemporaines.* 2⁰ série des *Lettres d'un Passant.* .	1 vol.
— —	*Les Vivants et les Morts.* 3ᵉ série des *Lettres d'un Passant.*	1 vol.
Bonneton.	*Légendes bourbonnaises.* . . .	1 vol.
Alfred Bougeart	*Pailles et Poutres*	1 vol.
Henri Cazalis.	*Henri Regnault, sa vie, son œuvre*, portrait à l'eau-forte gravé par M. Blanchard . .	1 vol.
— —	*Le Livre du Néant*	1 vol.
Léon Cladel	*Mes Paysans. — La Fête votive de saint Bartholomée Porteglaive*	1 vol.
Jules Claretie	*Journées de voyage.*	1 vol.
Louis Collas	*Le récif des Triagos*	1 vol.
F. Coppée.	*Une Idylle pendant le siège* . .	1 vol.
Dargenty.	*Le Roman d'un Exilé*	1 vol.
Émile Deschamps	*Œuvres en prose*	2 vol.
— —	*Théâtre complet*	2 vol.
Alfred Dessommes.	*Femme et Statue*	1 vol.
— —	*Jacques Morel.*	1 vol.
Charles Géraud.	*Le Livre de Jeanne*	1 vol.
Théophile Gautier	*Ménagerie intime*	1 vol.
Judith Gautier	*Le Dragon impérial.*	1 vol.
Georges Japy	*La Dame qui rit*	1 vol.
— —	*Gaha.*	1 vol.
Laurent-Pichat.	*Commentaires de la vie.* . . .	1 vol.
Camille Lemonnier	*Un Coin de village*	1 vol.
Catulle Mendès.	*Histoires d'amour.*	1 vol.
Pouvillon.	*Nouvelles Réalistes*	1 vol.
Ernest Pujol.	*Paul Durand*	1 vol.
Daniel Ramée.	*La République.*	1 vol.
Albert Renouard	*Chez les Turcs en 1881.* . . .	1 vol.
Sainte-Beuve	*(Les Cahiers de)*	1 vol.
Alfred de Tanhouarn. . . .	*Contes athéniens*	1 vol.
André Theuriet.	*Nouvelles intimes*	1 vol.

2276. — ABBEVILLE. — TYP. ET STÉR. GUSTAVE RETAUX.

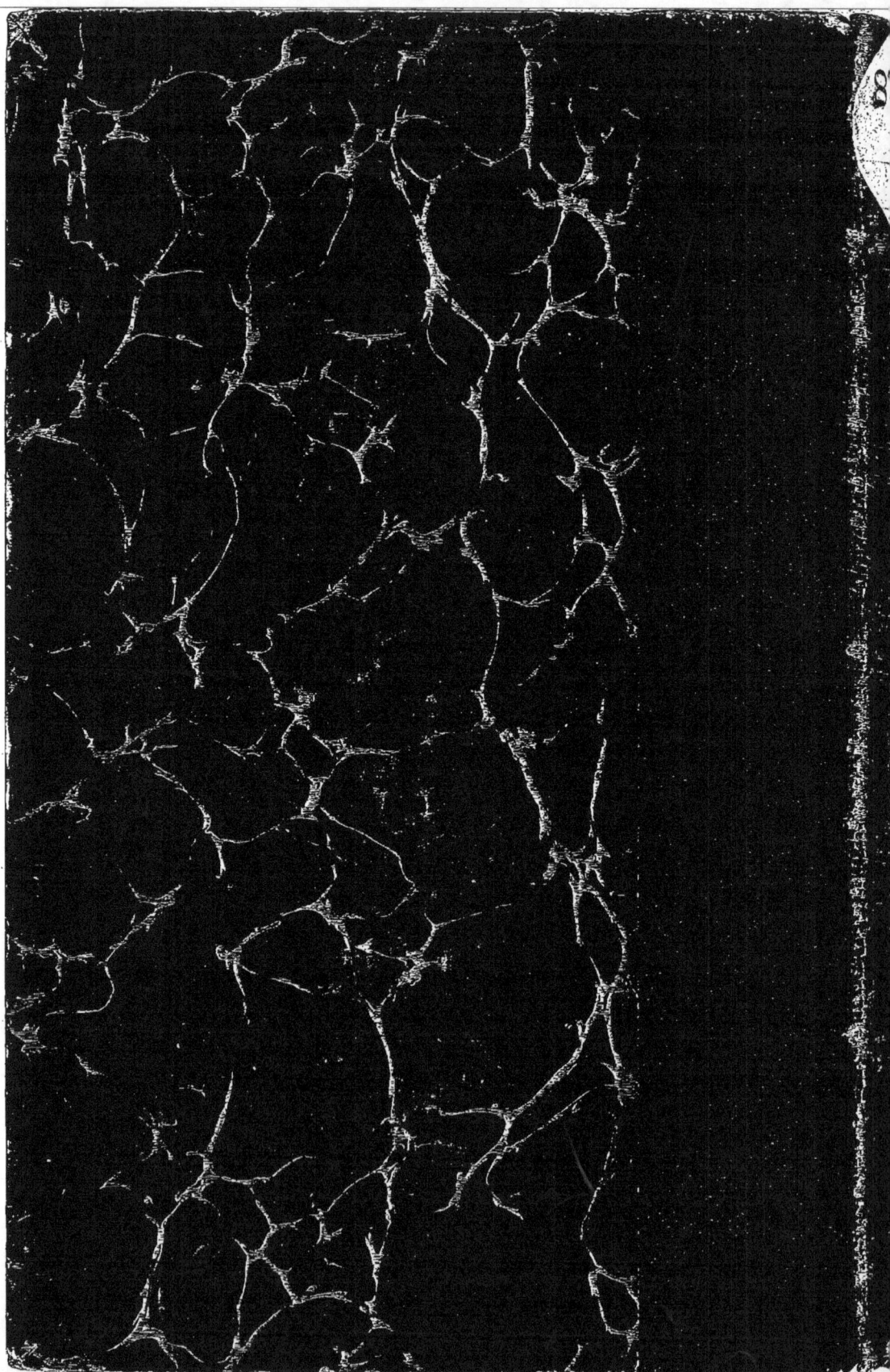

www.ingramcontent.com/pod-product-compliance
Lightning Source LLC
Chambersburg PA
CBHW061443030726
47503CB00005B/1546